D E A R + N O V E L

恋愛できない仕事なんです

砂原糖子
Touko SUNAHARA

新書館ディアプラス文庫

S H I N S H O K A N

恋愛できない仕事なんです

目次

イラストレーション／北上れん

恋愛できない仕事なんです

「そういえば、女の好きな仕草ってどんなのありますか？」

酒でも入っているかのような問いを本名映視《ほんなえいし》が投げかけられたのは、居酒屋ではなく車の中だった。

通りに面した駐車場に停車中のシルバーのセダンだ。昼間見ても寂《さび》れた感じのする通りには、空室の目立つ古いビルが多い。日が暮れると周辺は人通りもめっきり減り、まだ八時前だというのに、フロントガラス越しの街灯に照らされた路地は動くもの一つなかった。

待ち人、未《いま》だ来ず。

まぁ約束をしている相手でもないから仕方ないとはいえ、もう何時間もスーツ姿のいい歳した男が二人きりの缶詰とあっては、車中は居酒屋でだらだらと過ごしてでもいるかのような空気だ。くだらない質問が飛び出すのも無理はない。

「本名さん、寝てるんすか？」

疲れた目を一瞬伏せると、運転席の塚原一頼《つかはらかずより》は答えをせっつくように言った。

二十九歳の塚原は、三十二歳の本名の職場の後輩だ。

「寝るわけないだろ。なんだっけ、ああ……女の好きな仕草？　俺に彼女いないことぐらい、おまえもよく知ってんだろうが」

本名はその細面《ほそおもて》の繊細《せんさい》な顔立ちにそぐわないきつい口調で、面倒臭《めんどうくさ》げに応《こた》えた。

性差をあまり感じさせない中性的な顔だ。それなりに整ってはいるが小作りで、目も鼻も主張が強くないせいか子供の頃は大人しそうだと言われた。

しかし、今は社会の荒波に揉《も》まれたからというわけではないがこのとおり。なんでも白黒つけるかのように、はっきりとものを言う。

「彼女いるとかいないとか、関係ないでしょ。これやられるとグラっとくるなって仕草ですよ」

「ねぇよ、そんなもの」

「ふうん、俺はいくつかありますよ。ベタだけど、泊まりに来たコが俺のシャツ一枚になってくれるとかいいっすね。貸したシャツがサイズでかくて、伸びた白い足が眩《まぶ》しい、みたいな。ああ、袖《そで》から指先だけ覗《のぞ》いたりするのも点数高いな、グラグラするかも」

「それ、仕草か？　単なる服の違いだろ」

溜め息をつきかけ、本名は重くなりかけていた目蓋《まぶた》を大きく開いた。

話しながら塚原がすっと手に取ったのは、カップホルダーに刺さった缶コーヒーだ。どこぞの飲料メーカーのＣＭのようにスーツ姿の男の横顔に運ばれるのを、呆然と目にする。

「ちょっと待て。おまえ、そのコーヒーは昨日買ったやつだろう？」

昨日もこの車に同乗していたから間違いない。

事もなげに塚原は応えた。

「ああ、まだ残ってたんで」

「残ってたって……おまえ、昨日のコーヒーだぞ、飲むか普通⁉」

「ブラックだからそうそう腐《くさ》りませんよ。もう秋ですしね。九月も後半に入ったら急に涼しくなってきたっていうか」

「まだ日中の車は灼熱《しゃくねつ》地獄だよ。つか、そういう問題じゃないだろうが。おまえどういう神経してるんだ、不衛生にもほどが……」

本名が眉間《みけん》の皺《しわ》を深くする間にも、塚原の喉仏《のどぼとけ》は上下する。

見てくれはいい男だ。目鼻立ちのはっきりとした顔は黙っていると眼光も鋭《するど》く、野性味のあるイケメン。スーツのハマる体軀《たいく》も相まって、CMを彷彿《ほうふつ》とさせるというわけだ。

妙に様になっているだけに嫌悪感も増す。その喉を通っているのが、『開栓後はすぐにお飲みください』をさっくり無視した液体かと思うと鳥肌ものだ。

「そういやおまえ、ネクタイも昨日と一緒のやつだけど……まさか、シャツも同じとか言わないだろうな？」

「シャツ？　ああ……」

嫌な予感が芽生《めば》えた。缶コーヒーを手にしたまま、ワイシャツの胸元を確認して見下ろした男にぞっとなる。

「違いますよ」

「えっ、違うのか？」

「昨日のじゃありません、一昨日《おととい》のです」

一瞬思考が止まった。

「はぁっ⁉」

塚原はシートに背中を預け、欠伸《あくび》を一つ。

「昨日のですまそうと思ってたんですけどね、夜に雨が降ったじゃないですか。濡れて今朝も湿《しめ》ってたんで、ロッカーに置いてた一昨日のシャツを……」

「シャツの替えぐらい用意しとけ！　さっさと洗え、クリーニングに出せ！」

「そんなこと言ったって、まともに家にも帰れてない状況なのは本名さんも身をもって知ってるでしょうが。とうとう替えが切れたんですよ、下着はコンビニで買ってますって。相っ変わらず、神経質な人だなぁ」

「俺は普通だ。おまえがいい加減過ぎるだけだ」

生意気にも反論してくる年下の男を本名は一睨みする。

ガサツ、杜撰《ずさん》、大雑把《おおざっぱ》。不真面目とまでは言わないが、そんな言葉が塚原という男にはよく似合う。

一緒にいる時間が長いからといって気が合うわけじゃない。職場の人間関係なんて、自《みずか》らの希望とは無関係に決められていくもので、意に沿わないことなどしょっちゅうだ。

「はぁ、おまえといると、焼けたフライパンにでも手を置いてる気分だ」

「どういう意味ですか？」

「熱いフライパンに手を置けば三分は何時間にも感じられ、好きな女といれば三時間も一瞬で過ぎ去るとかって言うだろ」

「なんでしたっけ、それ……アインシュタインの相対性理論？」

「なんの比喩《ひゆ》でもいい。とにかく俺にとって、おまえはフライパンだ。煙が立つほどアツアツに焼けたな。おかげでさっきから時間が全然経《た》たない」

「そりゃ悪かったですね。俺だって小言の多い先輩といるより、行けるものなら美女でも愛《め》でに……」

運転席で塚原が苦笑を零《こぼ》し、本名が腕組みでヘッドレストに後頭部を乗せようとしたそのときだ。

スーツの胸元の振動と共に、携帯電話のバイブ音が車内に響いた。

『本名、確認した。五分後に突入だ』

耳に押しつけた電話を切ると、隣の男と視線が絡《から》む。

「……本名さん？」

「来た」

待ち人、来《きた》る。

頃合いを計《はか》って車を降りた。

いつのまにか風が出ていた。夜空の半月の上を棚引《たなび》くように雲が流れ、煽《あお》られて浮いた本名の紺色のスーツの下からは、先週から携帯を許可されている拳銃《けんじゅう》が黒い塊《かたまり》となって覗く。

警視庁組織犯罪対策部第五課、薬物捜査第七係。それが本名の所属する部署だ。

本名も塚原も、揃《そろ》って刑事である。

向かったのは明かりのほとんど落ちた目の前の八階建ての雑居ビルだ。広域指定暴力団山方《やまがた》組の傘下《さんか》の洪和会《こうわかい》と中国マフィアの大口の麻薬取引があるとの情報を得ている。

なにしろ招待もされていないパーティだ。宴《うたげ》の日時ははっきりしておらず、一年近い内偵で明らかになったのは、九月の後半らしいというところまで。近辺の駐車場やマンションの部屋を借りての半月以上に渡る張り込みの末、この瞬間を迎えたというわけだった。

本名が任されているのはビルの裏手だ。周辺に身を潜《ひそ》めていた突入班の捜査員たちが集まってくる。二人を出入り口に残し、外付けの非常階段で上階に向かった。

目標は六階。建物の構造は頭に叩き込まれている。隣で塚原がスーツの内に手を突っ込み、左脇に下げた拳銃をホルスターから抜き取るのが見えた。目配せに本名は『自分はまだいい』と首を横に振る。

崖《がけ》っぷちに立たされたような緊張と、それからたとえようのない高揚感《こうようかん》。不謹慎かもしれないが、一斉摘発《てきはつ》を前にしたこの瞬間は恐怖を上回る興奮で心拍数が上がる。

刑事なんて普段は地味な仕事だ。足を棒にして情報収集。餌《えさ》をまき網《あみ》を張っても、かかるのは雑魚《ざこ》ばかり。麻薬取締官のようにおとり捜査が許されているわけではないから、おのずと捜査方法は限られてくる。

ザルで水を掬《すく》うような地道な作業の末、やっと辿《たど》り着《つ》いた逮捕のときだ。興奮するなというほうが無理がある。

しかし見た目には冷静に映る本名は、ただ据《す》わった眼差《まなざ》しで頭上を見上げた。

「警察だ、全員動くな‼」

よく知る係長の声が、建物内で響くのを聞いた。思ったより早い。突入班の中心は表から内部の階段で潜入《せんにゅう》したはずだが、感づかれたのか。合流する間もなかった。「両手を上げろ‼」「銃を捨てろ‼」などの怒号《どごう》が響く中、本名たちも迷わずドアを蹴破《けやぶ》り、フロアに飛び込んだ。

もう長い間使われていない、がらんどうのフロアだ。

中には十数人ほどの男たちがいた。日本人に中国人。一見、大人しく両手を上げている。こんな際に怖いのは、悪の親玉よりも無鉄砲で血気盛《けっきさか》んな若い奴らだ。

顔ぶれを確認しようとしたそのとき、一歩後ろにいた塚原の声が刺すように響いた。

「本名さんっ‼」

左を見る。柱の陰から若い男が叫びながら飛び出してきたところだった。

「うわあああっっ‼」

銃を構えるというより、ナイフのように突き出してくる。

「くそっ」

本名は一分《いちぶ》の迷いも抱かなかった。向けられた銃口《じゅうこう》を前に、背を向けるでも後ずさるでもなく、全力で突進した。一歩、二歩、三歩。身を屈《かが》めると同時に、趣味の悪いごついチェーンブレスレットの下がった男の右手首を引っ摑む。

懐《ふところ》に潜《もぐ》り込《こ》んだ本名が身を反転させると、その背に突き上げられ、男の体はポンと軽く弾《はず》むボールのように宙に舞った。

身長は百七十センチと少しの本名は見た目は屈強《くっきょう》とは言《い》い難《がた》いが、武道には長《た》けている。どさりと砂袋でも落ちたような音が響き、背負い投げられた男は呻《うめ》き声《ごえ》を上げた。

「いてぇっ、いてぇよっ、骨が折れた！」

「折れるか、バカ」

手から落ちた拳銃の行方を確認しようとした本名は、古い塩《えん》ビタイルの床にそれを踏みつけにした塚原の革靴の足を目にした。

「本名さん、無茶しないでくださいよ」

「もたもた銃を抜くより手っ取り早いだろ」

「今、抜いてたってあなた同じことしたでしょう？」

咎《とが》める塚原は、険《けわ》しい眼差しで自分を見ている。

「それがなんだ？　俺はあんまり銃の扱《あつか》いが得意じゃないんでな」

「だからって、こんな危険な方法……」

おかしな男だ。普段大雑把なくせして、こういう場面になると人のことまで口を出してくる。場は収まっていない。男の抵抗をきっかけに、そこら中で小競《こぜ》り合《あ》いが起きていた。

本名はフロアの奥の柱から、また新たな男が姿を現わすのを目にした。今度は向かってくるのではなく、どさくさに紛《まぎ》れて窓から逃げようとしている。

古いビルだ。窓は嵌《は》め込《こ》み式ではなく、男が手をかけると軽くからりと開いた。

「塚原っ！」

本名は叫ぶ。それだけで塚原は意図《いと》を察したようだった。「はい！」と鋭く返ってくる返事を背中で聞きながら、本名は男の逃げた窓へ駆け寄った。

このビルにベランダはない。非常階段へ飛び移ることも西側の窓からでは不可能だ。一瞬の間に考えつつ表を覗くと、隣の五階建てのビルの屋上に男は飛び移り、走り去って行くところだった。

本名も後を追う。六階から飛ぶ瞬間スーツは風を孕《はら》み、一瞬ひやっとしたが、ややよろけながらも着地したと同時に走り出した。

「待てこらっ！　止まれっっ！」

男はこちらをちらと振り返ったが止まる気配はない。ビルの周辺の通りは裏も表も捜査員たちが固めている。しかし、男はそのどちらにも向かおうとはせず、まるで目的は定まってでもいるかのように、さらに隣のビルの屋上へと飛び移った。男の羽織《はお》った紫のシャツが風に膨《ふく》らむ。

火事にでもなればすぐに延焼《えんしょう》してしまいそうなほど建物の密集した地域とはいえ、無謀《むぼう》だ。ビルからビル、またビルへ。最後に外付けの鉄製階段を三階分下り、隣のマンションを囲《かこ》う塀《へい》を足がかりにその敷地へと降り立った男は、駐車場を駆け抜けて道路に向かった。

捜査員たちのいない細い道だ。

「待てっ…て言ってんだろうがっ！　止まれっ！　止まらないとっ……」

動物並みの男の逃亡に付き合わされ、さすがに息が切れる。本名は左脇のホルスターの銃に手をかけ、男は路肩《ろかた》に止まった一台の車に駆け寄った。

赤い軽自動車。助手席に女が乗っていた。

乱暴にドアを開けて乗り込んだ男に、女が驚いた顔をする。エンジンのかかった車は急発進し、路地まで追いつくのがやっとの本名が間に合わないと思ったそのとき、右手から来た車のヘッドライトが眩《まぶ》しく体を包んだ。

高いブレーキ音が響く。赤い車の走行を阻《はば》んで止まった車は、つい今しがたまで自分がだらした時間を過ごしていたシルバーのセダンだ。

「塚原、よくきたっ！」

「間に合いましたね」

運転席から顔を覗かせた塚原はニヤリと笑ってみせたが、男はまだ逃走を諦めてはいなかった。

悲鳴が上がる。車を降りる男は女の腕を長い髪ごと引っ掴み、助手席から強引に引《ひ》き摺《ず》り出しにかかった。

もがく女の泳いだ手が、フロントガラスの前に並んだマウスやらアヒルやらのキャラクターのぬいぐるみを凪《な》ぎ払《はら》う。一つは街灯に照らされた黒いアスファルトまで弾みながら転がり出てきた。

人質《ひとじち》を取るつもりか。

緊迫する空気の中で、女が声を発した。

「シゲちゃん、どうしたのっ⁉　なんなの、一体っ⁉」

──知り合い？

「もう悪あがきはやめろ」

本名が声をかけると、男は路上に引っ張り出した女の喉元に手をかけた。

手にはナイフが光る。

「動くな！　動くとこの女を殺すっ！」

髪を振り乱し、訳が判らないでいるらしい女の目が驚愕に見開かれる。

「シゲちゃん、なっ、なに言って……」

「殺すぞっ‼　俺は本気だからなっ‼」

男の顔はそう若くない。年は自分と同じ三十過ぎくらいか。身長も近い。推定百七十五センチで細身。短く刈り上げた生《は》え際《ぎわ》の深い茶色の髪、吊り上がった目。白いTシャツに羽織った紫の柄シャツ、黒いパンツに同色のナイロンベルト。

本名はカメラのシャッターでも切るように、その姿を頭に焼きつけた。

チンピラ風情《ふぜい》には違いないが、人を殺したことはないのだろう。

ナイフを突きつける手が細かく震えていた。

「おまえ動くなっつってんだろうがっ‼」

車から降りかけた塚原に奇声じみた声を発する。

「本名さん」

本名は黙殺《もくさつ》し、声をかけた塚原を留めた。男はその間にも、腰を抱いた女を盾《たて》にじりじりと後ずさる。

「落ちつけ、そんなことをしても罪が増えるだけだ。仲間ももう捕まってるし、おまえだけが逃げおおすことなんてできない」

「うるせぇっ、知るかっ！　銃を置けっ！」

「俺はなにがあっても銃は放さない。おまえに取られたら終わりだからな」

「テメっ、女殺すぞ、いいのかよっ！」

「彼女はおまえの知り合いだろう？」

「だからなんだってんだ！　はっ、こんな女っ、べつに俺はどうだっていいし？」

「シゲちゃっ……」

覚束《おぼつか》ない女のハイヒールの足が、路上に転がり落ちたぬいぐるみを踏みつける。ヒールを掬われ、悲鳴を上げてぐらりと傾《かし》いだ女の体を、男は投げつけでもするかのように本名に向け突き飛ばした。

「危ないっ！」

本名はアスファルトに突っ伏しそうになった女を思わず受け止める。

顔を上げたときには、男は再び逃げ去る後ろ姿へと変わっていた。


「それで、確認するが、その後奴は清州橋《きよすばし》通りの交差点で帰宅途中の会社員の自転車を奪って追跡を振り切り、上野方面へ逃走したと」

午後十一時前。警視庁本部庁舎内のデスク前で、本名は組対《そたい》第五課の係長である廣永《ひろなが》に事実関係の報告をしていた。

「はい、そうです。斉田繁《さいたしげる》、三十二歳。前がいくつかありました。二十二歳のときにヤクの売買でイラン人の売人《ばいにん》と一緒に捕まって懲役《ちょうえき》五年の実刑を食らっています。女のほうは島野《しまの》真帆《まほ》、二十七歳。人質にされそうになった女ですが、服のポケットにシャブを隠し持っていました。まだ詳しい事情聴取《ちょうしゅ》が進んでいませんが、どうやら斉田の女のようです」

現時点で集まった情報を告げる。直接取引に関わる重要容疑者ではなく、マークもしていなかった下《した》っ端《ぱ》。パシリに等しい男とはいえ、なんとも締まりの悪い現状だ。

本名は苦々《にがにが》しい気分で説明を続けたが、デスクの椅子に座る係長は、眉を顰《ひそ》めるでもなく淡々と話に聞き入っていた。

廣永は現場以外では刑事らしからぬ穏やかな物腰で、部下の評判も上々の男だ。ときに上層部とのクッション役も果たし、その職務のストレスからかまだ四十代半《なか》ばのはずなのに白髪《しらが》の目立つ頭をしている。

「斉田は拳銃は所持していなかったんだな？」

「脅《おど》しにナイフを使ったところを見ると、持っていなかったはずです」

「小物もいいところっすね。雑魚ですよ、雑魚」

背後を過《よ》ぎる坊主頭の佐次田《さじた》が、合いの手のように口を挟《はさ》んだ。一見、ヤクザにしか見えない若い男だがれっきとした刑事だ。組対というところは暴力団絡みの事件を中心に扱うこともあり、カタギとは思えない独特の風貌《ふうぼう》の者も多い。

「そうだな、サジの言うとおりだ。本名、まぁそう気に病《や》むな。女の線から逃亡先も割れるかもしれん」

「……はい」

廣永が笑みを見せ、本名もほっと息をつく。

確かに、逃がした魚一匹など問題にならないほど、今夜の摘発では収穫を得ている。検挙したのはそうそうたる面々だった。洪和会幹部候補組員。そして中国系マフィアの中でも急速に国内で力をつけてきているグループの主要メンバー。

薬の押収《おうしゅう》量も半端《はんぱ》ではない。覚醒剤、二キロ。末端《まったん》価格で一億五千万円ほど。今年の一度の押収量の中でも上位に迫《せま》る量になる。これには上層部も色めきたった。

近年、違法薬物の年間押収量は減る一方だ。残念ながら出回る量が減ったからではなく、末端の摘発ばかりで、本丸をなかなか叩けずにいるからだ。

今回の摘発が新しい密輸ルートの解明に繋《つな》がるかもしれない。

そんな期待もあり、捜査に関わった五課の二つの係は浮足立っている。連行してすぐに取調べに入ったが、逮捕者の数が多く、明日の送致《そうち》に向けた基本的な調書の作成が終わったところだ。

「斉田も追わなきゃならんが、明日からは本格的な取調べにも入る。とりあえず今日はもう休め。長かったな、お疲れ」

廣永が労《ねぎら》いの言葉をかける間にも、背後のデスクでは『やっとうちに帰れる～！』と歓喜の声を上げる者がいる。

その光景にくすりと廣永は笑った。

「昔は庁内で仕事明けは皆で飲んだもんだがな。今は酒どころか煙草《たばこ》一本吸えない。やりにくい時代になったよ。取調室まで禁煙で、『一本吸うか?』なんてホシにやろうもんなら、便宜《べんぎ》供与《きょうよ》扱いだからなぁ」

笑うと目蓋の重たそうな廣永の下がり目は一層《いっそう》細くなる。事務の女性職員は密《ひそ》かに『癒《いや》し系』なんて呼んでおり、本名をも安堵《あんど》させる表情だ。

どういうわけか本名はその顔を見るのが好きだった。

「なんだ、じっと見て。年寄りの昔話が始まったとでも思ってるんだろ?」

「いえ、係長そんな年でもないでしょう。あの、酒なら帰りに一杯行きますか? 美味《うま》い焼鳥屋をこないだ教えてもらったんです」

「あ……」

本名の誘いに、途端に男は弱り顔になる。

「すまん、さっき女房に今から帰るってメールしたところなんだ。ずっと娘とも微妙な空気でな……前に約束してた家族旅行に行けなかったもんだから」

極《ごく》普通の会社員であれば、脇目も振らずに毎晩家に帰っていそうな上司は愛妻家であり、子煩悩《ぼんのう》でも有名だ。

飲めないことは少し残念に思いつつも、本名は笑んだ。

「そうですか……大変ですね、係長もたまには家族サービスに努《つと》めないと」

「そうだ、若いもんは若い者同士で行ってきたらどうだ？　塚原、おまえは予定あるのか？」

本名は背後のデスクの島を振り返り見る。廣永が声をかけるまで、塚原がいることに気がついていなかった。

若い組員の取調べをすませて戻ってきたばかりの男は、捲《まく》っていたワイシャツの袖を机の手前で下ろしているところだ。

目が合う。まるで互いの腹でも探るように顔を見合わせ、本名が先に口を開いた。

「勘弁して下さい、こいつとはもう嫌ってほど一緒にいるんです。今回のヤマで毎日張り込みの車ん中で顔突き合わせて、健康診断の結果から、小学一年生の姪《めい》っ子《こ》に彼氏ができたって話まで聞かされてんですから、今更話すことなんてありゃしませんよ」

途中から憎まれ口になってしまった。

まぁ、どうせ反《そ》りの合わない後輩のほうも同じことを考えているに違いない。

「塚原、おまえはどうなんだ？」

廣永の言葉に、塚原は妙な表情を見せた。

困ったような顔で苦笑いしたかと思うと、椅子に投げかけていたスーツの上着を羽織りながら応える。

「そうですね。本名さんの言うとおりです。それに俺も息抜きに、ピーチズの沙絢《さあや》ちゃんにでも会いに行こうかと思ってますんで」

本名はふんと鼻を鳴らした。

「こんな時間からキャバクラか。おまえも好きだなぁ」

「ええ、男ですから。じゃ、お先に失礼します」

あっさり肯定して塚原は鞄に手をかける。

「せいぜいサーヤちゃんとやらに可愛がってもらえよ。ああ、それとシャツはクリーニングに出せ」

「はいはい」

「ふざけるな、『はい』は一回だ」

「はい」

そのまま本名も係長のデスクを離れかけると呼び止められた。

「待て、本名。まだ話がある」

「はい?」

「そういえばおまえ、突入時に無茶をしたって本当か? 銃を構えた奴に向かって行ったそうじゃないか」

帰りかけた男の顔を、本名は思わず睨む。

「塚原、おまえが言ったのか?」

「俺じゃありませんよ」

「野崎《のざき》が見ていたそうだ。報告されて困ることならやるな。俺も優秀な部下を殉職《じゅんしょく》で失うような目には遭《あ》いたくない」

反論のしようのない言葉に、本名は形ばかりではなく殊勝《しゅしょう》な顔つきになった。

「……はい、すみません」

「チョッキが必要だったな。昔はガサ入れで防弾《ぼうだん》チョッキなんていらなかったもんだが……近頃のヤクザは筋《すじ》もへったくれもない。平気で警官にチャカを向けてくる。物騒《ぶっそう》な世の中になった……って、ヤクザ相手におかしいか？」

「いや、そのとおりです。以後、慎重な対応を心がけます」

廣永は頷き、本名は軽く頭を下げてその場を離れる。鞄を手にした塚原は机の間の通路に立ち止まったままで、帰ろうともせずにこっちを見ていた。

「なんだ？」

どこかもの言いたげな目をしている。けれど、ぶっきらぼうな本名の問いかけには、愛想《あいそ》のない返事がきただけだった。

「いえ、べつに。係長の言うことは素直に聞くんだなぁと思っただけです。じゃあ、お疲れさまでした」

踵《きびす》を返してフロアを出ていく男を見送り、本名は首を捻《ひね》って呟いた。

「……変な奴」

組対の刑事だというと、本名は大抵《たいてい》意外な顔をされる。

現在の階級は巡査部長。大卒で採用試験に合格して入庁後、交番勤務を経《へ》て所轄《しょかつ》の刑事になった。強行犯係で多様な事件に関わり、警視庁の組織犯罪対策部に配属されたのが三年前。ノンキャリアとしては順調なほうだが、何故、刑事部ではなく組対だったのか。

恐らく空《あ》きポストに押し込まれただけのお役所人事だったのだろう。おかげで似合っていないと散々《さんざん》言われ、ヤクザと渡り合うにはこの容姿《ようし》は具合が悪い。意識して心がけているわけじゃないけれど、カバーするかのように組対に入ってから目つきが一層悪くなった。

一斉摘発の翌日、本名は朝一から取調室にいた。組対の使える取調室は満員御礼、検挙者の事情聴取で空きがないほど忙しく回っている。

灰色のスチール机の向こうに今いるのは、本名の倍は優にウエイトのある大柄な男だ。さっきから反抗的にそっぽを向き、聞いているのかいないのか判らない態度で机を振動させ続けている。

「貧乏揺すりをやめろ」

「そのなよっちい舐《な》めた面《つら》見てっとイライラすんだよ」

「鼻息が荒いねぇ。そういうおまえのお仲間は、なよっちい俺に投げ飛ばされて、ヒイヒイ吠《ほ》え面《づら》かかされていたようだけどな」

本名は揺れる机に両腕を置き、男のほうへと身を乗り出し顔を接近させた。

「人を見かけで判断してると痛い目見るぞ。ここが取調室じゃなかったら、おまえも嬲《なぶ》ってヒイヒイ言わせたいくらいだ。自分よりデカイ男を泣かせるって気持ちいいもんなぁ？」

相変わらず虚《うつ》ろな据わった目をしつつも、唇にだけは微笑《ほほえ》みを湛《たた》えて言う。気圧《けお》されたように、男のほうが小さな椅子の上の巨体をやや引かせた。

「おまえは組事務所から現金を運ぶのが役目だった。大金で現金取引となったら、そりゃあおまえみたいなハッタリの利《き》きそうなボディガードを連れて歩きたくもなるよな。しかし、随分中国人にボッタくられたもんだ、グラム千五百円くらいか」

腕の下の振動が止まった。

意地になって続けていた貧乏揺すりを男は止め、本名の顔を見返している。

「どうした？」

「……いや、金のこと言われても判らねぇよ。俺はただ運ぶのを手伝っただけだからなぁ」

「ふうん、じゃあ誰が詳しく知ってるのか教えてもらおうか」

本名はにこりと笑んだ。

男の取調べはそれから数時間続き、取調室を出たのは午後になってからだった。揃って現行犯逮捕だ。概《おおむ》ね容疑は認めているものの、背後の組や密輸ルートの話になると皆口が重たい。

「次は……」

コンビニで買ってきたオニギリを、フロアの通路奥にある長椅子で頬張りながら調書のバインダーを開く本名は、『島野真帆』の名を確認する。

今回の事件で唯一の女性逮捕者だ。

スカートのポケットから出てきた袋入りの白い粉。科捜研《かそうけん》に回した本鑑定の結果も早速《さっそく》来ており、覚醒剤で間違いなかった。ただし尿検査の結果は変わらず陰性《いんせい》で、容疑を否認《ひにん》し続けている。

取調室に入ると女はすでに着席しており、調書を取る役目は佐次田のはずが、部屋の隅の小さな机についていたのは塚原だった。

「なんだ、おまえが入ったのか。佐次田だって聞いてたんだが」

「係長がサジは顔が怖いから、女性の取調べには向かないって」

佐次田が聞いたら落ち込む言われようだが、確かにそれもそうだ。

本名は気を取り直して席についた。

「じゃあ、始めましょうか」

島野真帆、二十七歳。五反田《ごたんだ》のファッションヘルスに勤める、いわゆる風俗嬢だ。

女は昨夜《ゆうべ》勾留《こうりゅう》したときと同じ姿で、黒いミニスカートにオフホワイトのドルマンスリーブのニットを着ていた。下着は濃いピンク。派手な光る生地《きじ》で、黒のレースの縁取《ふちど》りがいかがわしくもある。

べつに透視《とうし》能力があるわけじゃない。前屈《まえかが》みに頬杖《ほおづえ》をついた女が、ニットの胸元からこれ見よがしに覗かせているからだ。

「何度訊《き》いたって、知らないもんは知らないから。私は薬なんてやってないし、持ってた覚えもないし」

本名は彼女の首に貼られた絆創膏《ばんそうこう》のようなものに目を留めた。

「切れてたのか?」

「ああ、これ……少しね。べつに掠《かす》り傷だけど」

斉田の突きつけたナイフが当たったのだ。あんなにぶるぶる手を震わせていれば切れるのも無理はない。

「斉田繁と交際しているそうだな。いや……元、恋人とでも言ったほうがいいか?」

「どういう意味?」

「こんな目に遭わされたら、あいつを自分の男なんて認めたくないだろう?」

「……はっ、まぁね。最悪もいいとこ」

昨日はよく眠れなかったに違いない。化粧の剝《は》がれた女の目元は赤く、目蓋は腫《は》れぼったい。泣いたのかもしれなかった。恋人に人質に取られて逃げる盾にされるなど、手酷《てひど》い裏切りだろう。

「君は薬についてなにも知らないと言うけど、否認されて『そうですか』で警察も帰すわけにはいかないのは判るね？　覚醒剤は使用も所持《しょじ》も十年以下の懲役だ。使用の痕跡がなくとも、持ってれば同じこと。もし売り目的なら初犯《しょはん》でも実刑になる確率は高い」

所持量は十グラム。見た目は僅《わず》かだが、末端価格は百万円近い。個人使用で持ち歩くには多過ぎる上、本人が常習でないならその目的は自《おの》ずと限られてくる。

「けど本当に知らないんだって。売りなんて冗談じゃないわよ」

「じゃあ、斉田が持たせたとでも？　なんのために？　売買していた薬の始末まで君に押しつけようと？」

「かもね」

「君は斉田が暴力団の関係者だってことも知らなかったって言うのか？　薬の売買で犯罪歴があることは？」

女は顔を背《そむ》けたままながらも、僅かに頷くような仕草を見せた。

「知ってた？　知らない？　どっち？」

「なんとなく……ヤバイ仕事をしてるのは判ってたけど」

「ヤバイってどんな？　具体的にどういうところでそう感じたんだ？　同棲までしていたのなら、毎日の行動も見て……」

「やめてよ！　思い出したくもないの、あんな奴のことは！　最っ低な男、さっさと捕まって死刑にでもなんにでもなればいい」

急に激昂《げっこう》したかと思うと、がたりと机を揺らす。情緒不安定だ。髪を振り乱して睨み据える女を本名は淡々とした眼差しで見つめ返し、宥《なだ》めるように言った。

「本当にそうだな、斉田は卑怯者だ。自分の大切な人を盾にして逃げようなんて……奴が臆《おく》病《びょう》者《もの》なせいで、君は不当に傷つけられた」

女の立場に回る。穏《おだ》やかな物言いで男の愚行《ぐこう》を糾弾《きゅうだん》する本名に、彼女は不自然なほど長い睫毛《まつげ》の目を瞬《しばた》かせる。

「斉田の履歴《りれき》は酷いもんだ。少年時代は窃盗《せっとう》の常習で高校は中退、少年院送りになっている。二十一歳で覚醒剤取締法違反で逮捕、執行猶予《しっこうゆうよ》がついたが、その後イラン人の売人とつるんで薬を売っているところを引っ張られて実刑を食らった。出所後も堅気《かたぎ》の仕事は続かずに、中国語が多少できるのを買われて洪和会の世話になっている」

「はっ、改めて聞いてみるとクズっぷりも際立《きわだ》ってるわね」

「典型的なドロップアウト体質だな。イラン人だのヤクザだの、その場凌《しの》ぎで犯罪に手を染めて、自分で這い上がる努力の一つもしない。その結果がこれだ」

「女を盾にして逃げる腰抜け」

「そうだ、君が庇《かば》う価値もない。奴をこのまま逃がすのは……」

本名は女に同調した。裏切られた女の気を晴らすべく悪罵《あくば》に乗っかり、共に悪口雑言《あっこうぞうごん》。

彼女は身を乗り出し、赤い眦《まなじり》の目を爛々《らんらん》と輝かせて斉田を罵《ののし》り、それから前触れもなくふっと嘲《あざけ》るように笑った。

「ねぇ刑事さん、あなた……女に興味ないの？」

「……は？」

本名は会話の意図がまるで判らなかった。

口紅も塗《ぬ》っていない血の気の薄い唇を歪《ゆが》ませ、真帆は指を突きつけると言った。

「あなたってさぁ、恋愛したことないでしょ？」

夕方、自分のデスクのあるフロアに戻った本名は見るからに渋い顔をしていた。

刑事としての経歴なら確認する機会もあるが、恋愛となると改めて振り返ることもない。

最後に恋をしたのがいつかと問われたら、ちょっと返答に詰まる。まさかと思うが、警察学校時代だ。十年近くも前に遡《さかのぼ》る。

大学卒業前に告白してくれた同級生と半年ばかり付き合った。なかなか気のきく優しい子で、家に遊びに来ると食事を作ってくれたり掃除を手伝ってくれたり。特に不満もなかったけれど、入庁《にゅうちょう》が決まり全寮制の警察学校に入ると途端に距離ができ、本名も慣れない生活に手いっぱいで自然消滅で別れてしまった。

交番勤務時代にも付き合いかけた女性はいた。家の近くのカフェに勤める女性で、非番《ひばん》の日に通ううちに親しくなった。けれど、それも所轄の刑事部への転属が決まるとうやむやになった。

後の出会いといったら、署内の人間か、被疑者《ひぎしゃ》に被害者。マルガイのほうは生きた人間とは限らない。昼夜《ちゅうや》問わず死人と犯人のことばかりを考え、捜査本部ができようもんなら最低一週間、ヘタすると一ヵ月でも家に帰れない。

そんな生活だから、彼女ができないことにあまり疑問も感じないできた。

——不可抗力《ふかこうりょく》だ。

デスクの椅子に座り、むっと腕を組んだ本名は周囲を見回す。五課の面々を出払っている者まで思い浮かべても、女には縁のなさげな者が多い。

離婚率だって高い職場で、愛妻家で通っている係長の廣永など例外と言ってもいい。

「本名、まだ気にしてるのか?」

まるで考えを読んだかのように、窓際の係長デスクで廣永が声を上げた。

「取調べ中の発言ですからね、無視できませんよ。どういうつもりなんだか……」

島野真帆の一言を、本名はずっと考え続けていた。

何故《なぜ》急に自分にあんな話を振ったのか。

小馬鹿にした口ぶりの後は、黙秘権《もくひけん》でも行使するかのようにだんまり。捜査に協力する気もない態度を隠そうともせず、ろくな供述《きょうじゅつ》も取れないままだった。

報告を受けたばかりの廣永は、冗談にもならないことを言う。

「はは、まるで手玉にでも取られたみたいだな。女の扱いは塚原のほうが上か」

本名はますますむっとした表情で、廣永から目線を島の斜向《はすむ》かいの席に移した。シャツを変えたのをアピールするためか、今日は珍しいカラーシャツに紺色のネクタイの塚原が、さっきからノートパソコンのキーボードを叩き続けている。

取調室に塚原も居合わせていたせいで、なんとなく体裁《ていさい》が悪い。

「おまえ、まさか供述調書にあれも書くつもりじゃないだろうな？」

「書きませんよ。ただの嫌がらせでしょう。彼女は刑事が嫌いなんですよ」

「嫌い？」

「島野真帆の勤める五反田のヘルスは、去年大崎《おおさき》署の抜き打ちで未成年の客引きを使ってるのがバレて、児童福祉法違反で店長が送検《そうけん》されてます。店が再開するまで、働いていたコたちも煽りを食らって大変だったみたいですからねぇ。恨《うら》みがあっても不思議じゃありません」

キーボードの上で長い指を弾ませ、画面に目を向けたまま塚原は淡々と答えた。

「それ、調べたのか？」

「はぁ、まぁ一応」

塚原もまた、今日は朝からほかの被疑者の取調べを手伝っていたはずだが、いつの間に調べたのか。いいかげんなように見えて、仕事に関しては細やかであったりと、どうにも掴めないところのある男だ。

ふっと顔を起こした塚原は、フォローでもするかのように言った。

「それじゃなくても、風俗や水商売のコたちは警察を煙《けむ》たく思ってるもんですよ」

「そりゃあ、まぁ……そうなんだけどな」

でも、なにか引っかかる。

あの豹変《ひょうへん》具合。あの言葉を吐いた瞬間、彼女から強い敵意にも似た感情を本名は感じた。なにが気に食わなかったのか。ただ同情したに過ぎないというのに――

判らない。

判らないのは女の言うとおり、自分の恋愛経験が乏《とぼ》しいからなのか。

腹立たしいが、暴言は的《まと》を射《い》ている。

本名は、塚原がパソコンを使う手を止めて立ち上がるのを見た。ふらっとフロアを過《よ》ぎって出ていくだけの姿が妙に様になる。若手イケメン刑事のいるドラマでも見ているかのようだ。

確かに、塚原が一番女に縁があるかもしれない。やはり仕事の忙しさが理由で彼女はいないようだが、暇さえあればキャバクラに通ったりと女には積極的で、たぶんモテてもいるだろう。

悔しいが係長の読みどおり、自分よりも恋愛事に詳しそうではある。

「なぁ塚原、おまえだったらあれをどう……」

席に戻ってきた男に声をかけようとして、本名は見逃せない光景を目にした。

手にはプラカップの刺さったカップホルダー。コーヒーを入れに行ったらしい。それはいいが、カップの置かれた先は机の端だ。

縁《へり》から僅か一センチ。肘《ひじ》で突こうものなら簡単に落ちてしまいそうな位置に置き、平然とパソコン作業に戻った男に本名は目を瞠《みは》らせる。

「おい、なんでそこに置くんだ？」

「え？」

「『え』じゃない、そんなとこに置いたら危ないだろう。零《こぼ》したらどうすんだよ」

塚原は何故小言が始まったのか判らないという、虚《きょ》を突かれた顔だ。

「どうって、零しませんよ。今まで俺がカップを落としたことなんてないでしょう？」

「今まではそうでも、これから落とすかもしれないだろうが。普通そんなとこに置くか？　もうちょっと奥に置くもんじゃないのか。端にしたって、せめて縁から十センチくらいは内っ側にするだろ」

「十センチって……統計でも取ったんですか。細かい人だなぁ」

暖簾《のれん》に腕押し。飄々《ひょうひょう》と応える塚原に、思わずカチンとくる。

「おまえが大雑把過ぎるだけだ。可能性を考えろ、可能性を！」

「俺がここでコーヒーを零す可能性はいくつですか。本名さんの小言で業務を中断させられる必要があるほどの可能性ですか」

口調こそ荒くはないが一歩も引かない男に、周囲の机の者たちは『なんだ、なんだ』という顔になる。係長デスクの廣永は、『またつまらない小競り合いを始めたか』と言いたげな表情だ。

有り得ない。

上下関係の厳しい警察は体育会系で、運動部が社会人になっても続いているような世界だ。階級は同じ巡査部長とはいえ、先輩である自分に対してこうも生意気なのはどういう了見だ。

誰に対してもそうなら判るが、自分以外にはなにを言われてもヘラヘラと笑って上手く流しているところがある。

――なんなんだか。

本名はぼそっと言い捨てた。

「……可愛げのない奴」


五日が過ぎても捜査は進展なしだった。

斉田《さいた》の行方は依然として知れないまま。確認できたのは、逃亡直後のコンビニのATMで金を引き出す姿までだった。金額は預金全額の三十万ばかり。逃亡資金を手にしたといっても、すぐに底をつく。

洪和会《こうわかい》が逃亡の手助けをしている可能性もあるが、幹部候補まで逮捕されている中で、斉田のような小物を丁重に匿《かくま》っても仕方がないだろう。

「それでぇ、あいつは見つかったの～？」

本名《ほんな》はスチール机を挟んで向かい合った女の顔を、冷ややかな眼差《まなざ》しで見た。

取調室だ。真帆《まほ》は相変わらずのらりくらりと役に立たない供述《きょうじゅつ》を続けている。本名とは相性が悪そうだということで、ベテランから女性刑事まで取調官を替わってみたが変化はなかった。

「結果は君も知ってるんじゃないのか？　斉田が兄弟の元を訪《たず》ねた様子はない。縁を切ってるそうじゃないか。名古屋に旅行に行くつもりだったってのは嘘だろう？」

赤い軽自動車にはスーツケースと、ボストンバッグが二つ積まれていた。旅行に行くつもりだったと言うが、行く先のホテルなどが予約されていた形跡《けいせき》もない。

「行き当たりばったりの旅の予定だったのよ～」

「適当なこと言ってると、勾留《こうりゅう》が延びるばかりだぞ」

剝《は》がれかけのジェルネイルの爪先《つめさき》を弄《いじ》っている真帆に、本名は意を決して尋ねた。

「こないだはどうしてあんなことを言ったんだ？」

「あんなこと？」

「俺が……恋愛もしていないとか、そういう話だよ」

やはりあの言葉がずっと引っかかっていた。本名がもう一度取調べにつきたいと廣永《ひろなが》に頼み込んだのはこのためだ。

「あら、図星だった〜？　刑事さんって、忙しそうな仕事だもんねぇ。そういえばお客にもそれっぽい人いるわ。あっ、でもあんたは女には興味ないんだっけ？」

身を乗り出す彼女の服は、今日も襟《えり》ぐりの大きく開いたニットだ。覗《のぞ》く胸元にも、本名は無表情のままだった。

どういうつもりか知らないが、取調室で妙な気分になどなるわけがない。

「とんだインポね。女日照りが続き過ぎておかしくなっちゃってんじゃないの？　そういや、女に興味ない人ほかにもいたわね〜、刑事さんも結構イケメン揃《そろ》ってんのにもったいない。うちの店に来たら相手してあげたっていいくらいなのに……」

「自分を貶《おとし》めるようなことを言うのはやめろ」

こないだのように調子を狂わされもせず、本名がきっぱりとした口調で言えば、真帆は再びネイルに視線を落とした。

「今、二十七歳だそうだな」

「なによ、いつまでこんな仕事やってんだ〜とか、そういう説教ならやめてよね。その手の質問、一番嫌われんだから」

「俺はなにも言ってない。年齢を確認しただけだ。そういう反応を想像するのは、君自身が一番気に病《や》んでるからだろう」

「ふん、判ったような口利《き》いちゃって。だったらどうだってのよ？　フーゾクいつまでもやりたいなんて思ってる女いないわよ。しょうがないでしょ、ここまできたら人生リセットなんて利かないんだからさぁ。借金あんのよ、若いときに買い物でパアッとやっちゃってね。ふふ、バカよねー」

わざとらしいほどにサバサバと言ってのける彼女が、急にはすっぱな女を演じているだけに見えた。

説教もしくは綺麗事と鼻で笑い飛ばすに違いないと判っていながらも、言わずにはおれなくなる。

「まだ悲観する年齢じゃないだろ。真っさらにするリセットは無理でも、道はきっと変えられる」

「利口《りこう》な刑事さんらしい答えね。そういうセリフは繁《しげ》るにでも言ったらぁ。あいつ、『リセットしたい』が口癖だったから」

「リセットって？」

本名の問いに、真帆の視線は微《かす》かに揺らいだ。

「さぁ、もののたとえじゃないの。とにかくさっさとあいつ捕まえちゃってよ。私を巻き込んでこんなとこにブチ込んでさ、まったくムカつくったら！」

急に声を荒げる。五日前と同じだったが、本名は今度は話に乗らなかった。怒りを露《あら》わにする彼女をただ見つめ、その表情を追い、観察する。

「顔も見たくない。早く死ねばいいのよ、あんな男……」

イライラと爪を弄っている。手を動かした拍子《ひょうし》に手首に下がったものが、ニットに引っかかった。

留《と》め具《ぐ》のあっさり外れたブレスレットが床へと落ちる。

「あっ」と真帆は声を上げた。

「大丈夫か？」

ゴールドのチェーンに、三日月のトップのついたブレスレット。音もなく落ちたそれは安っぽい素材のようだったが、真帆は机の下に頭を突っ込み急いで拾い上げた。


夕方、大した収穫もなく五課のフロアに戻ろうとしたところ、エレベーターで塚原《つかはら》と一緒になった。

塚原は、今日は斉田の過去を洗うために出ていた。

「斉田が中国語を話せるのは、名古屋で親がやってた工場に住み込みの中国人が何人か働いていたからでしたよ」

「工場？」

「精密金型《かながた》の部品工場です。でも斉田が中学のときに資金繰《しきんぐ》りが悪化して、倒産してます。どうもその頃から家族仲がおかしくなって、斉田は非行に走ってしまったようですね。兄のほうは高校も卒業して、語学力を生かして旅行会社で真面目に勤めてるんですが……」

本名もこの仕事に就《つ》いてからたくさん見てきた。

世の中には不遇をバネにできる人間と、言い訳にしてしまう人間がいる。犯罪に手を染めるきっかけの多くは、悪人だからではなく、弱いからだ。そして、軌道を修正する強さもないから、後悔しながらも何度でも同じ過《あやま》ちを繰り返す。

自分を変えることができない者たち。

弱い。その点においては、斉田と真帆は似た者同士なのかもしれない。

「島野《しまの》真帆のほうはどうでしたか？」

「相変わらずだよ」

「あの晩、あんな場所で待ってたのは逃亡を手助けするつもりがあったからですかね」

「ヤクの取引には無関係だろうと思う」

あの晩、路地で見た光景を細部まで頭に甦《よみがえ》らせる。

赤い車。フロントガラスに並んだぬいぐるみ。フラついた女のハイヒール。

「まぁ、あんな目立つ車じゃ逃亡には適しちゃいませんね。緊急配備で『フロントにアヒルのレナルドの並んだ車』なんて流れてきたら笑っちゃいますよ。彼女もピンヒールなんて履《は》いてましたし」

エレベーターの箱の中で、すぐ隣に添い立つ男を本名は仰《あお》いだ。気の合わない男のはずが、まったく自分と同じことを考えている。

「どうかしましたか?」

「……いや」

階にちょうど辿《たど》り着《つ》き、本名は足早になってエレベーターを降りる。

ついて歩く塚原が、後ろから声をかけてきた。

「本名さん、これから時間ありますか?」

「あ?」

「飲みに行くのに付き合ってもらえませんか?」

「……なに言ってんだ、そんな暇あるわけないだろ」

誘いに驚き、思わずぎこちない声を出してしまった。塚原は顔色一つ変えないまま、動揺した本名が決まりの悪くなる理由を寄こす。

「斉田の幼馴染《おさななじ》みだっていう男が働いているバーがあるんです」

「あ……捜査」

どうして自分をプライベートで塚原が誘うなんて思ってしまったのだろう。

「のこのこ顔を出すほど奴も馬鹿じゃないとは思いますけどね。地元から上京してる昔馴染みはその男ぐらいのようですし、もしかしたらなにか情報を得られるかもしれないと思って」

「佐次田《さじた》と行かないのか？　今日のおまえの相棒だろう」

「サジは……夜はどうしても外せない用事があるとかで」

「なんだ、私用か？　まぁ、じゃあしょうがないな……俺が付き合う」

人気《ひとけ》の少ないフロアに入りながら本名は了解する。塚原は特に喜んだりする様子もなく、『助かります』とだけ言った。

二人で飲みに行くなんて、仕事でも初めてかもしれない。仕事明けに何人かで連れ立って、事件解決の祝盃《しゅくはい》や、お宮《みや》入《い》りの憂《う》さ晴《ば》らしに飲みに行くことはあるが——

いや、待て、そういえば昔誘われたことがある。

一年半くらい前。塚原が転属してきてすぐだった。七係に早く慣れようとしていたのか、あの頃は塚原もまだ人懐《ひとなつ》こい犬のように自分にも尻尾《しっぽ》を振っていて、個人的に飲みに行こうと声をかけてきた。

何故《なぜ》断ったんだったか。

たぶん疲れていたとか、面倒臭《めんどうくさ》かったとか、理由にもならない理由だろう。

——あのとき行っておけば、塚原も可愛い後輩だったんだろうか。

ふとそんなことを考えてしまい、本名は『いやいや』と心の中で否定した。気が合わないのは性格の問題だ。

頭に浮かんだことは露《つゆ》ほども匂わせず、涼しい顔で尋ねる。

「しかし、バーって洒落《しゃれ》たとこなのか？　男二人じゃ浮くんじゃないのか？」

午後八時過ぎ。本名は塚原と並んでバーのカウンター席にいた。

店に着いて、ようやく塚原が男同士で行くことにした理由が判った。

「入ってきたときから、実はお似合いだなぁと思ってたんですよね〜」

ミキシンググラスでステアしたカクテルをグラスに注ぎながら、カウンターの中のバーテンダーは言った。

自《みずか》ら気さくに話しかけ、会話が盛り上がるよう仕掛けておきながら、本名は頰《ほお》を引《ひ》き攣《つ》らせる。

「いや、こいつとはそんなんじゃないんで」

うっかり否定してしまうのも無理はない。

斉田の幼馴染みがバーテンとして勤める店は、あろうことかゲイバーだった。

新宿二丁目にほど近い時点で疑うべきだったのか。塚原がなにも言わないものだから、身構えもなく来てしまった。店は一見ゲイとは判らない会社帰りのサラリーマン風の客も多く、本名たちも浮いてはいなかったものの心中の動揺はいかんともしがたい。

なにしろ塚原とカップル扱《あつか》いだ。

一足先に受け取ったショットグラスの酒を飲む塚原が、話のフォローに回った。

「田舎《いなか》の高校時代の先輩で、そこで久しぶりにばったり会ったんすよ。柔道部だったんだけど」

「ああ、運動部はね……こっちの世界に目覚めるきっかけになりやすいよね」

「最近仕事で疲れてたから、懐《なつ》かしい顔に会えてとにかく嬉しくって。バーテンさんはこっちの人？」

出身話をきっかけに、『最近昔馴染みに会ったか』と婉曲《えんきょく》に塚原が問うのを、本名は隣で聞いていた。愛想《あいそ》よく笑っているが、塚原もバーテンダーの反応を窺《うかが》っているのが判る。

弾《はず》む会話の中、男の様子を観察し続けたけれど、嘘はついていないようだった。

話を広げるために、勧《すす》めに乗って酒は杯《はい》を重ねた。マティーニなんて飲むのは久しぶりだ。

本名は酒に弱いほうではないが、空《す》きっ腹《ぱら》に入れたこともあり、酩酊感《めいていかん》は早いうちにやってきた。

「それ、ボタン取れてますよ」

ツマミの生ハム添《ぞ》えのクラッカーに手を伸ばすと、塚原が目線で袖口《そでぐち》を示す。

本名のスーツの右袖のボタンは一つない。

「ああ、昼に取れた。どうも運動で傷《いた》めたみたいでさ」

バーテンはほかの客の相手で、カウンターの反対側の端に移動していたが、声のトーンを落とした。

強制捜査でも荒っぽいことにはそうそうならないものだけれど、相手によってはこないだのように乱闘騒ぎになることもあった。普段は慎重でスーツを傷める行動などしない本名だが、仕事となれば厭《いと》わないため、もう何着駄目にしたか判らない。

「高そうなスーツなのに、いざとなると結構無頓着《むとんちゃく》ですよね。本名さんのそういう刑事魂《だましい》は好きですよ」

塚原も酔いが回ってきているのか。褒《ほ》め言葉にどうにも調子が狂う。

なんとなくマズイなと思った。

この空気はくだらない質問や会話に行き着く長時間の張り込みの車中に似ている上、今は酒まで入っている。斉田の情報が摑めないならさっさと切り上げたほうがいい。そう思いつつも、幼馴染みのバーテンは腕がいいらしく、久しぶりのカクテルは美味《うま》いしでついグラスに手を伸ばしてしまう。

案《あん》の定《じょう》、小一時間と経《た》たないうちに余計な話になった。

「俺も仕事ばっかりじゃダメだよな」

酔いに任せて本名が口を滑《すべ》らせたのは、真帆に言われた恋愛の件だ。

「正直、図星でさぁ……言われるまで気づいてもなかった自分がショックだったっていうか、俺って普通じゃなかったんだなって」

事件を解決する上でも引っかかっているが、家に帰ってシャワーを浴びる最中や、寝る前にふと思い出す程度には私的にも気になっている。

「真に受ける必要ないでしょ。ちょっとからかわれただけですって」

「そうか？　女なんか構ってられないって、みんなそんなもんだと思ってたけど、案外違うのかもな。あの子、客で俺らの同業が来るって言ってたしな」

「本名さんはソープとかは行かないんですか？」

「……いっ、行くわけないだろ」

思いがけない切り返しに、本名は動揺して隣を見る。にやにや笑っているに違いないという予想に反し、グラスを手にカウンターに片肘《かたひじ》をついた塚原は、ただ真っ直《まっす》ぐに自分を見ている。

「風俗だって合法ですよ。ちゃんと許可取って営業してる店はたくさんあります」

「そりゃあそうだけど……」

考えてもみなかった。警官に相応《ふさわ》しくないと思ったからではなく、行きたい気持ちさえ芽生《めば》えたことがない。

「おまえは行くのか？」

問い返すと、変な間が空《あ》いた。

「行かない、ってことにしておいたほうがよさそうですね」

塚原はそう言って微《かす》かに笑った。

なんだか面白くない。まるで手のひらの上で転がされてでもいるかのような反応も、そして実際、女絡《がら》みの話になると自分は経験値に乏《とぼ》しく不利であるのも。

「やっぱおまえになんか話すんじゃなかった」

本名は不貞腐《ふてくさ》れる自分の声が、いつになく子供っぽくなっていることに気がついていなかった。

視界にフィルターがかかったように現実感が遠い。視線の先で、カウンターの奥の棚に並んだボトルが揺らいで見える。深い水の底にでもいるみたいだ。

言わなきゃよかったと口にした傍《そば》から、ぼやきが零《こぼ》れた。

「なぁ、俺もこの仕事についてなかったら、今頃彼女がいたり、結婚したりしてたのかな。子供がいたっておかしくない年だよなぁ、係長みたいにさ」

塚原の反応はなかった。

少しの間無言になり、それからぼそりと言った。

「どうして急に係長なんですか」

「いや、廣永係長って七係の星って感じだろ。えっとなんて言うのかな、理想的な家庭持ち？奥さんは初恋の幼馴染みなんだってさ。いるんだなぁ、そういう人……係長らしいっていうかさぁ」

「よく知ってますね。そんなことまで訊《き》いたんですか」

「訊いたっていうか、前に酒の席で……」

頬杖《ほおづえ》をついた本名が隣を見ると、さっきと同じく男は自分を見つめていた。同じくらいアルコールは入っているはずなのに、その眼差しは素面《しらふ》であるかのように揺るぎなく、真顔に映った。

「本名さん、前から訊いてみたいと思ってたことがあるんですけど」

「なんだ？」

問うと男の視線は急に揺らいだ。

促《うなが》してやったのに、まるで怖気《おじけ》づいたみたいに躊躇《ためら》う。

「いや、やめておきます。訊いたら、明日から仕事しづらくなりそうなんで」

「なんだよ、そんなこと言われたら余計に気になんだろ。言えよ！　なに訊いても今夜は無礼《ぶれい》講《こう》で許してやっから」

そんな酒の席じゃないはずだが、本名は伸ばした手で並んだ男の広い背中を叩いた。反動でスツールの上の体が揺れたのは、酔いの深い本名のほうだ。

目蓋《まぶた》の重たさも感じていたけれど、眠気は返ってきた言葉に飛んだ。

「係長のこと、好きなんですか？」

「……は？」

「上司として尊敬……とかじゃなく、男として……あー、一人の人間として、特別な相手として好意を持ってるのかってことです」

「……恋愛感情ってこと？」

塚原は無言で肯定した。

「なに言ってんだおまえ、あるわけないだろそんなこと！　俺も男だぞ、男が男に恋なんてそんな馬鹿なことっ……」

声を大きくしてしまい、はっとなる。否定すべき場所柄ではなかった。幸い騒がしさに阻《はば》まれて周囲には聞こえなかったようだが、塚原はまるで気にかけた様子もなく追及してくる。

「だって本名さん、廣永係長のこと気に入ってるじゃないですか。そんで、女に興味もないんでしょう？」

「興味ないんじゃなくて、出会いがないだけなんだって」

「違いますよ。ヘテロなら出会いがなくても本能的に女を求めるもんです。彼女にもあっさり興味ないの見抜かれてたくせして。巨乳チラ見せして試してましたからね」

そう言われても真帆が巨乳だったか定かでない。ブラのデザインは覚えているが、それは職業柄記憶する癖《くせ》がついているからだ。

「ソープも行かないし、行ってみたいとも思わないんでしょ？　もしかして女で抜くこともないんじゃないですか？　それ、興味あるって言えないでしょ」

まるで尋問《じんもん》だ。

かなりセクハラな言葉も入っていたが、憤《いきどお》れないほど本名の心は追い詰められてフラフラになる。仕事では毅然《きぜん》としていられても、そっち方面には免疫《めんえき》がなく、押されるとどうも弱い。

「そ、そうなのかな。けど、女に興味薄いからって、俺は男なんて……」

「考えてみたことがないだけですよ。仕事忙しくて、プライベート放棄しちゃってますからね。俺の見立てでは本名さんは係長が好きだし、素質があるんですって」

「わ、判った、じゃあ……考えてみる」

「判ってないくせに。適当に言い逃れしようと思ってるでしょ？」

「だって、そんなん急に言われてもどうしたらいいのかわかんねぇよ。男が好きかどうかなんて……」

確かめようがない。

昼間の厳《いか》つい個性的な面子《メンツ》の揃った組対《そたい》のフロアにいれば、確認するまでもなくノーと言い切っただろう。しかし、ここはゲイバーで、周囲は肯定的な空気が満ち満ちており、酔った頭は論理的思考を嫌がる。

赤く顔を火照《ほて》らせた本名が潤《うる》んだ眸《ひとみ》を困惑に泳がせると、塚原は思い詰めたような表情をして言った。

「じゃあ、試してみるってのはどうですか」

――どうしてこんなことになったのか。

三十分後、本名は塚原のマンションに向かうべく店を出た。

塚原は自分で試せばいいと言う。驚いて『ゲイなのか?』と尋ねたら、『違うけど、最近溜まってるんで俺も試してみてもいいかって』などと身も蓋《ふた》もない返答だ。

暇さえあれば足しげく通っているキャバクラのお姉ちゃんはどうした。店外で遊ぶほどの関係ではないのか。

なにも三十路《みそじ》過ぎた野郎の先輩を相手にする必要もないだろうに。飛躍し過ぎと呆れるはずが、またまた店内の妖《あや》しい空気も手伝って言《い》い包《くる》められてしまい、『それじゃあ』と塚原の家に行くことになった。

なんだか久しく経験してない状況にそわそわする。

いや、男相手に久しくもなにも、初めてなわけだけれど。

「行きますか」

「あ……うん」

見慣れた男の顔が見れない。先を歩き出した黒っぽいスーツの広い背中に、妙な具合に鼓動《こどう》が乱れる。

「タクシーで帰りましょう」

「なんで？　まだ電車あんだろ」

「いいから。酔ってんでしょ、歩くと危ないです」

「危ないって……」

確かに今の自分は万全《ばんぜん》ではない。視界は相変わらずきらきらふわふわしているし、多少足元が怪しい自覚はある。けれど、たとえ今暴漢が襲ってきてもいつもどおり投げ飛ばせるくらいの正気は残している。

刑事で有段者。なのに塚原はまるで女性でもエスコートするみたいに手を取り、引っ張った。

近くに止まっていたタクシーに乗り込む。

「こっからだと三十分くらいかかるかな。寝てていいですよ」

「えっと……」

まるでなにか急いでいるようだ。

時間が経《た》ち、自分が酔いから醒《さ》め、気が変わってしまうのを恐れているかのような——

後部シートの真ん中で握られたままの手に、本名はとても眠ることなどできなかった。

夜の道は空《す》いていて、三十分とかからずにマンションには辿《たど》り着《つ》いた。もちろん初めて訪《おとず》れる。静かな住宅街の中のベージュのタイル張りのマンションは今風の小奇麗な佇《たたず》まいで、外観だけだろうと思いきや、案内された部屋も比較的すっきり整っていた。

「へぇ、意外と綺麗にしてるんだな。おまえのことだから、もっと足の踏み場もないくらい散らかってんのかと思った」

「片づけてくれる人もいませんしね」

間取りは1LDKだ。本名をリビングのソファに促《うなが》し、自分はカウンターキッチンに入りながら塚原は応《こた》える。

「なんだそれ、答えになってないぞ。やろうと思えば自分できっちりできるってことか?」

「まぁ……誰も頼れないときは自分でやるしかないでしょ」

「おまえまさか、普段は他人を宛《あ》てにしてわざとゆるゆるなのか?」

「母親がそういう人だったんですよね。甘え上手っていうか……料理とか裁縫《さいほう》の仕方とか、姑《しゅうとめ》や近所の人に教えてもらったり。失敗も多いのに可愛がられてましたよ」

過去形だが、まさかもう亡くなっているんだろうか。

冷蔵庫に向かった背中からは、淡々とした言葉以上の感情は読み取れない。

「俺は完璧より、多少抜けてるほうがいいと思ってんですよね。今は自分で調べたりやろうと思えばなんでもできる時代だけど、度が過ぎない程度には人を頼ったほうがコミュニケーションにもなるでしょ。なによりお互い様で楽でいいじゃないですか」

「それは……もしかして、俺への嫌味か?」

冷蔵庫の扉を閉めて振り返った男は、ふっと笑った。

本名の座ったソファに近づいてくるその手には、缶ビールが二つ握られている。

「飲みもの、ビールでいいですか?」

「あ……俺はいい、もう酒は。水でももらおうかな」

「酔いが醒めてきましたか?」

ローテーブルに缶を置くカタリとした音にすら敏感に反応し、身を竦《すく》ませてしまった。

「ほっ、本当に試してみんのか?」

「俺が相手だと嫌ですか?」

「いや、だからそういう問題じゃなくて……」

小憎たらしい後輩だ。塚原であること自体も拒否の理由になって然《しか》るべきにもかかわらず、本名はそうではないと否定する。

屈《かが》めた身を寄せられると、わっとなった。情けなく身を縮《ちぢ》こまらせてしまい、格好悪《かっこわる》い。日頃ヤクザと渡り合っている組対の刑事とは思えない焦《あせ》りようだ。

「俺でもいいなら試してみましょうよ。俺は溜まってるとこに酒が入って、どうにもなんない性衝動を抱《かか》えてる。本名さんは自分がゲイかどうか確かめたいと思ってる。渡りに舟ってヤツじゃないですか。利害関係一致してる」

「り、利害関係……」

「そう、合理的です。好きでしょ、そういうの。ここじゃ狭いな、ベッド行きますか」

こんなに口の回る奴だとは知らなかった。

本名は拒《こば》みきれずに手を引かれ、隣の六畳の寝室に入った。壁際のセミダブルのベッドへ押されるまま仰向《あおむ》けに寝転がると、すぐさま逃すまいと塚原も覆《おお》い被《かぶ》さってきた。

明かりの中で男を仰ぐ目が揺らぐ。

「本名さんて、酔うと眼力《がんりき》なくなるんですね」

「え……」

「バーにいるときから思ってたんすけど。いつもすげぇ目つき悪いのに、酒入るとなんかとろんとなっちゃって、可愛いなって」

「か、可愛いって、おまえなぁ」

「今日は無礼講でなに言ってもいいんでしょ」

そんなこと、言ったような言わないような……バーでの記憶が早くもあやふやだ。

やっぱり自分は自分で思う以上に酔っているのかもしれない。

「あのな、塚原……」

身をしっかりと重ねた男が、首筋の辺りに顔を埋《うず》めてくる。肌を突っつく高い鼻梁《びりょう》の感触。たまに吸っている甘い煙草《たばこ》の匂いがした。

両腕を背の下に潜《もぐ》り込《こ》まされたかと思うと、抱きすくめられる。戸惑う本名の体をぎゅっと確かめるように抱いた男は、しばらくそうしてからぽつりと言葉を発した。

「……嬉しいな」

微かに響いた耳元の声に胸がざわつく。

服を隔《へだ》てて重なり合った腰のものが熱を帯《お》びた気がして、心臓が煩《うるさ》く鳴った。それだけでなく、体温が上昇している感じがする。

身じろぐと顔を覗き込んできた塚原は、わざわざ言葉を補《おぎな》った。

「セックス、久しぶりだから嬉しいって意味ですよ？」

「ああ……うん」

なんで言い訳するんだ。べつに疑っちゃいない。

塚原は上半身を起こして服を脱ぎ始める。型崩《かたくず》れも気にせずスーツの上着やネクタイをベッド下に放る男に、本名は得意の小言を繰《く》り出《だ》すどころか、目のやり場に困ってしまった。

気持ちに気づいてか気づかずか、塚原は苦笑する。

「本名さん、こないだ俺についてはウザいほど知ってるって係長に言ってましたけど、話してないことまだいっぱいありますよ」

シャツのボタンを外し始めた手を止め、人の悪い表情を浮かべた男は、深く身を屈めて本名の顔を窺《うかが》う。

「俺を見切るにはまだ早いんじゃないですか？　姪《めい》っ子《こ》の彼の話はしても、俺がどんなセックス好きかなんて話したことないでしょう?」

「せっ、セックスっておまえ……」

「あれ、下ネタはNGですか。よく警察学校で過ごせましたね」

志《こころざし》高く警察官を目指す生徒の集まりといっても、二十歳《はたち》前後の若い男が全寮制で暮らすとなれば、下世話《げせわ》な話もときには飛び交う。

「べ、べつにダメってことは……」

「たとえば、コレ……俺がどうするのが好きか教えましょうか?」

手を取られて驚いた。

ぐいっと右手をその腰に引き寄せられ、スラックス越しの中心に強引に触れさせられる。慌てて引こうとしたが、思いのほか手首を掴む塚原の手は力強かった。

「触ってください」

「え……」

「あなたの手に触られたい」

からかっているとは思えない真剣な眼差しに、鼓動《こどう》は落ち着く暇もない。

でも、深い意味はないのだろうと考え直した。自分でするより、人にされるほうが気持ちいい。きっとそういう理由で求めているに過ぎない。

乞《こ》われるまま服の上からペタペタと触っていると、もどかしそうな声が上がった。

「じれったいな。もっとちゃんと、自分でするときみたいにしてくださいよ」

自《みずか》らベルトを外し、塚原はスラックスの前を寛《くつろ》げる。文句を言いながらも、息子はしっかりと兆《きざ》しており硬くなっていた。

最初はおっかなびっくり、戸惑いを隠しきれずに触れていた本名も、次第にコツを覚えていく。

同じ男だ。ようは塚原の言うとおり、自分がイイと感じるようにすればいいのだ。

塚原がボクサーショーツをずり下ろせば、屹立《きつりつ》したものが頭を覗かせる。促されるまま直《じか》に摑んで、拙《つたな》い動きながらも高めるべく扱《しご》いた。

張りを増していく塚原のものは雄々《おお》しい。自分のものとは比較にならない大きさだったが、不思議と違和感は覚えなかった。なんとなく予想していたのかもしれない。塚原をそんな目で見ていたつもりはないのに……自分も潔癖《けっぺき》などではないのだと思い知る。

見上げる眸が、熱く潤んでいく感じがした。

「……ああ、いい」

やや顔を伏せ気味にして塚原は吐息を零《こぼ》し、黒い硬そうな前髪が揺れる。

「本名さん……すごく、気持ちいい」

素直な反応に、本名はどきどきさせられた。本当に気持ちよさそうだ。無意識に自分まで腰がもぞついてきて、先走りを滲《にじ》ませた男のそれをもの欲しげに見てしまう。

「……本名さんも触ってあげますね」

言われて、自身もスラックスの前を突《つ》っ張《ぱ》らせているのに気がついた。

同じようにしてもらいたがっている。

先に塚原に触れたからか、男の手で触られること自体にはあまり抵抗は覚えなかった。

けれど、普通じゃない行いには違いない。

——こんなことしていいのかな。

刑事がこんな淫蕩《いんとう》な行為に耽《ふけ》っていいんだろうか。

でも塚原は被害者でも、まして被疑者《ひぎしゃ》でもないし、誰に咎《とが》められるものでもない。男同士は駄目だなんて内規《ないき》もないはずだ。

よく回らない頭で言い訳めいたことを考える間にも、スラックスの内から取り出された本名の性器は、塚原の手淫《しゅいん》によってきつく反《そ》り返《かえ》った。

「んん…っ……」

「……濡れてきた」

「あっ、待っ……」

絡《から》ませた指をリズミカルに上下に動かされ、ベッドに伸びた体が愉悦《ゆえつ》にビクビクとなる。

塚原の手で扱かれてるなんて有り得ない。でもこれは現実で、しかも気持ちがいい。

指の長い塚原の手に包まれると、本名の性器は一回り小さくなった感じがした。快感を覚え

るポイントが存分に擦《こす》れる。堪《たま》らなく気持ちいい。

お互い刺激し合っているはずの本名の手は、いつの間にか動きがおろそかになっていた。快楽に悶《もだ》え、身を捩《よじ》る。

「……ぁ…あんっ」

今のは自分の声なのか。

耳を疑うような甘えたよがり声が出てしまい、本名は『違う』と言いたげに首を振る。塚原は少し笑った。

「男だって気持ちよくなれば声出すのは当たり前でしょ」

「……そう…だっけ?」

よく覚えていない。なにしろちゃんと恋人がいたのは十年近くも前で、AVの類《たぐい》も所轄《しょかつ》時代に捜査で押収《おうしゅう》した資料にあって中身の確認に見たぐらいだ。

AVにすら関心を持たず、男に触られてこんなにも感じて、やっぱり自分はゲイなのかもしれない。

でも。

でも、塚原だって悪い。

責任を転嫁《てんか》してしまいたくなるほど、その手の動きは細《こま》やかで、本名が啼《な》いて身を弾ませるポイントを見つけると、愛《いと》おしむように指の腹でそこばかりを刺激してくる。

「あっ……あっ……」

控《ひか》えめな声で本名は快感を伝えた。

くたくたに身が解《と》ける。眼差しも完全に力を失い、今にも泣き出しそうな目で仰ぐことしかできなくなる。おかしくない普通だと唆《そそのか》したくせに、日頃のクールな態度からはかけ離れた本名の表情を、塚原は熱を帯びた目で追ってきた。

文句の一つも言いたいのに、言えなかった。ベッドにくたりと伸びた本名を塚原は一旦解放し、服を脱がせにかかった。

「塚原……」

「なに？」

手を離されると腰が揺らいでしまう。

早く続きが欲しい。

あれをもっと触って欲しい。

「ああ……してあげますから、ちょっと待ってください」

悔しい。そんな感情も、いいように翻弄《ほんろう》されているのに湧《わ》いてこなかった。それどころかスーツやシャツを脱がせる手に協力して身を浮かせる。

本名の裸身に、塚原は喉《のど》を鳴らして息を飲んだ。脱いでも細身には違いないけれど、ひょろっとアバラの浮いたような頼りないシルエットではなく、鍛《きた》えた分だけ筋肉はしっかりとバネとなりついている。

筋張《すじば》った体なんて同性が見てもつまらないものだと思うが、塚原は見つめて言った。

「なんか……体脂肪《たいしぼう》、限りなく低そうな体だな」

胸元を手のひらが這《は》い、乳首の周囲の薄い皮膚《ひふ》を柔らかい動きで撫《な》でられる。くすぐったい。唇を落とされて少し驚いた。

「ちょっ…と……あっ……」

胸だけでなく、放り出されていたものにも手が触れる。

性器を軽く弄られながら乳首を吸われると、なにか溢《あふ》れるような感覚を覚えた。気のせいではなく、くちゅくちゅと塚原の手が濡れた音を立てる。きつく反り返った性器の先っぽを揉《も》んで嬲《なぶ》られ、初めての荒っぽい刺激に本名は啜《すす》り喘《あえ》いだ。

唇はやがて下へ下へ。うっすらと割れた腹筋から臍《へそ》の窪《くぼ》みを辿って、先走りに濡れた茂みへと辿り着く。

「つ、塚原、うそ……」

「……嘘？　なにが？」

「だって、そんなこと…までっ……」

中心で起き上がり、手の中で弄《もてあそ》ばれているものに塚原は唇を寄せた。柔らかな唇で硬く張った性器を啄《ついば》む。淡い快感にも先端は新たな雫《しずく》を浮かべ、ぞろりと舌で舐め上げられると先走りは光るほどに滴《したた》り落ちて、また茂みを濡らした。

「ああっ、ぅ…っ……」

「……気持ちいいですか？　舐められんの、好き？」

「んん…ぁっ……ひぅぅ」

じゅっと雫を吸い取る音が響いた。

生暖かく濡れた粘膜《ねんまく》が、ねっとりとした動きで本名を先端から包んでいく。

「やめ…っ…塚、原っ……だめっ…だ…めだって……」

身震いするほどの快感だった。

色事からは遠ざかっていた体には刺激的すぎる。軽く角度を変えられるのも辛《つら》いほどに勃起《ぼっき》したものを、舌使いも巧《たく》みに舐めしゃぶられ、本名は息も絶え絶えに喘《だ》いだ。

「んっ、んっ……いや…ぁ」

緩《ゆる》く起こしていた膝《ひざ》を裏から抱え上げられ、女のように足を割られる。羞恥《しゅうち》を煽《あお》る格好を嫌だと思ったけれど、強く拒めなかった。

嫌なのに、やめてほしくはない。もうなにがなんだか判らない。早くイキたい。もう達してしまいたい。射精したいばかりに、されるがままになってしまう。

「あっ……く、イク…っ……」

本名が兆しを見せると、塚原は口淫を緩めてはぐらかした。

一度ではなく、二度、三度。意図的に長引かされていると知って、本名は絶望的な気分に駆られる。

「もっ、塚原…っ……もう、出したい」

精一杯の懇願《こんがん》。すべてをかなぐり捨てる勢いで口にしたのに塚原は無視した。

「塚原…ぁっ」

「……駄目です」

「え……」

「先にイッちゃったら……俺に許してくれなくなるでしょ」

「あっ……ゆる…って、なに…をっ?」

「試すって……セックスするって話、忘れたんですか?」

「ちょっ…と、どこさわっ……ぁっ……」

狭間《はざま》に滑《すべ》り下《お》りた指が、慎《つつ》ましく口を閉ざした場所を撫でる。先走りに濡れた指を塚原はぬるぬると走らせ、そこを使うつもりなのだと教えてきた。

「男同士はココでやるって、知ってますよね?」

「で、でも…っ、あっ……待てってってっ……」

くんっと押して窄《すぼ》まりを開かれ、指先を飲まされた本名はビクビクと身を揺らした。

やけに慣れた手つきだ。躊躇《ためら》いがない。そんな場所、男と女のセックスで使うはずもないのに、自分が疎《うと》いだけで近頃はこういうのも普通になってきているのか。

「……ひぁ…っ」

潤《うるお》いの少ない場所で、本名は穿《うが》たれた指をまざまざと感じた。節《ふし》の張った関節も、その太さや長さも。パソコンに向かっている際や調書《ちょうしょ》を取っているときの塚原の手を思い起こし、頬が熱いと感じてしまうほどに火照る。アルコールのせいかもしれない。

「……中、すごい熱い。酒のせいかな……」

肯定するように塚原は言った。

「い…やだ…っ……」

追い出したいのに、できない。根元まで飲んだ指をきゅうきゅうと締めつけるうちに、嫌悪《けんお》とは違う感覚がぞくぞくと上がってくる。

「や…うっ、あ……もっ……」

塚原が指の抽挿《ちゅうそう》を始めてからは、本名はもうぐずる声を上げるだけで、ろくに抵抗もできなかった。

そんな場所、普通じゃないと思うのに、強く感じるポイントがある。そこを突かれると疼《うず》きは甘く四方に広がり、どこに触れられても感じると錯覚してしまうほどに気持ちがいい。

蕩《とろ》けたアイスみたいに濡れそぼった性器にも、塚原は唇を押し当て、愛撫を施《ほどこ》してきた。

「あ、ダメ…だ……それ、だめ…っ、だめ……」

射精はあっけなかった。

自分でも訳が判らないまま白濁《はくだく》を噴いてしまい、呆然となる。

「ああ……我慢できませんでしたか。まだ拡《ひろ》げ足りないんだけどな」

塚原はそんな言葉を発した。

熱に浮かされているのか、冷静なのか判らない声。見上げた顔が唐突に知らない男に思え、怖くなる。

「塚原……」

名を呼びながら、本名はほとんど無意識に塚原の身につけたままのシャツの袖を摑んだ。

「……本名さん?」

「つ、続ける…のか?」

怖いだなんて、言えなかった。

けれど、それだけで戸惑いを察したらしい。

「……まだ狭いし、今日はこれで我慢します」

身を起こした男はなにやら判らないでいる本名の両足を抱え直し、ぎゅっと閉じさせたかと思うと、滾《たぎ》るものを腿《もも》の間に押し当ててくる。

本名は驚いた。素股《すまた》というやつだと理解したときには、もう二、三度突き込まれていた。

「……ちゃんと締めて。尻に入れられるのは嫌なんでしょ?」

そう言われてしまうと、自分が塚原に不便を強《し》いているような気分になる。

「ん…うっ……」

恥ずかしいのを堪えて必死で腿を閉めた。熱を伴《ともな》った強張《こわば》りが、ぬるぬると狭間を行《い》き交《か》う。

塚原には刺激が足りないようで、打ちつけるほどに激しく責めても、なかなか終わりが見えなかった。

「あつ……はぁっ、熱くなってきたな……」

塚原はシャツを脱《ぬ》ぎ棄《す》て、腰を動かしながら本名に深く覆い被さってきた。

「……俺もちょろいな」

「なっ、なに…が…っ…?」

「こうしてるとなんか……ヤってるみたい。本名さんのケツん中、ぐちゅぐちゅって犯してる気分になってくる」

「な…に、言って…っ……」

変なことを言うから、本名もそうとしか思えなくなる。

覆い被さる上半身裸の男。肌で擦れる熱の塊《かたまり》。入れないと言いながらも、肉づきの薄い尻に手を添わせた男は、諦め切れないとでもいうように指で窄まりをなぞってきた。

「やっ……そこ、いや……」

本名が拒んで細い声を上げる様《さま》すら楽しんでいるようだ。

「嫌ってなにが？　本名さんが言うから、我慢してやってんでしょ」

「けど…っ……」

額《ひたい》に汗を滲ませた男の表情に、体の奥がぞくっとなる。腿の間を出入りしていた屹立はいつの間にか降りて、本名の再び兆し始めた性器を擦り上げるように動き始めた。

瞬《また》く間に快感の波に攫《さら》われる。

「あっ、待っ……また、俺……もうっ……」

「……一緒にイク？　本…名さん、どうせなら俺と一緒に、いこっかっ…？」

擦れ合う濡れた性器はあられもない音を立てた。繋がれてなどいないのに、まるで深いところまで明け渡しているかのような背徳感《はいとくかん》。

「あ…ぁあっ、塚…原…ぁっ……」

熱く柔らかなものが唇を塞《ふさ》いだ。

ぐずる本名を封じるように、塚原はキスをしてきた。

言葉を奪われ、腕の中に封じ込められ、快感だけを享受《きょうじゅ》する。重ねた唇のあわいから漏れる本名の啜り泣きは、互いの熱い迸《ほとばし》りが肌を打つまで続いた。


目覚めたのは早朝だった。

カーテンの隙間から朝日が部屋を白く染め始める頃、身を起こした体からは昨夜のアルコールも抜け、深い霧《きり》が晴れたみたいにクリアになっていた。痛いほどの現実感。目に映るのは、初めて訪れた同僚の部屋。寝室のベッドであり、隣にはうつ伏せて眠る男の整った顔があった。

後悔したのは言うまでもない。

こんな状況は久しぶりどころか、生まれてこの方なったことがない。

おろおろするうちに塚原も目覚め、本名は勧められるままシャワーを借りた。しかし、バスルームで熱い湯を浴びたところで、問題は解決するどころか、しゃっきりと頭が冴《さ》えてますます焦りは深まる。

「……どうすんだよ、これ」

気まずい。

職場の人間と成り行きでやってしまっただけでもマズイのに、相手は男で塚原だ。

しかも、自分はどうやらゲイであるのが確定してしまった。

どうせなら記憶も飛んでくれていればいいものを、愚行《ぐこう》を本名はしっかりと記憶していた。淡白《たんぱく》な仕事人間と自分を評していたのに、男相手にありえないほど感じてしまった。塚原の与えた快楽に溺《おぼ》れ、その体に欲情した。

いや、塚原だからではなく、自分に『その気《け》』があるからだろう。

長い間、極普通の異性愛者と信じてきたが、実は同性愛者だった……そういうことだ。

頭からザーザーとシャワーの湯を浴びる本名は、磨《す》りガラスの扉をノックされてびくりとなる。

「なっ、なんだ?」

ガラス越しのシルエットのまま、塚原は声をかけてきた。

「本名さん、ここに着替え置いときますね」

「えっ、あ……いや、俺、すぐ帰るから」

「まだ帰るには早いでしょ。六時過ぎたばかりですよ。朝飯ぐらい食って行ってください」

「えっと……わ、わかった。ありがとう」

塚原は普段どおりの対応だ。

籠城《ろうじょう》するわけにもいかないので、本名は体を洗い終えてバスルームを出る。説明のとおり、洗面所のカゴに着替えは入っていた。

パジャマらしき服と真新しい下着で、本名は濡れた頭をタオルで軽く拭《ふ》いてから身につける。

「なんかやっぱデカいな。つか……」

下着の上にブルーのシャツを羽織《はお》ってみて気がついた。

上着はあるが、ズボンがない。

うっかり上だけ持って来てしまったのだろうか。シャツは尻が隠れる程度の半端《はんぱ》な長さでマヌケだが、騒ぐほどのことでもない。

――まぁいいか。

そのまま部屋に向かうと、カウンターキッチン内ではTシャツにラフなコットンパンツ姿の塚原が鼻歌を歌っていた。

妙に機嫌がいい。

昨晩のあるまじき行為をどう受け止めているのか。能天気過ぎるだろうと呆《あき》れるけれど、おかげで気まずさは半減した。

「塚原、この服、ズボンがなかったんだけど……」

「今メシ用意してるんで、ちょっと待っててください」

「あ、ああ」

聞こえなかったのか？

「メシって言っても、パンと卵ぐらいしかうちないんすけどね」

「なんでもいいよ。気ィ使わせて悪いな。あと、水をもらってもいいか？」

「グラスそこで、冷蔵庫にミネラルウォーター入ってます」

教えられるままグラスを借り、冷蔵庫から大きなペットボトルを取り出して注いだ。渇《かわ》きを癒《いや》すべくゴクゴクと喉《のど》を鳴らして飲む本名は、ふと視線を感じて脇《わき》を見る。

塚原が卵を割り入れたフライパンを動かす手を止め、こっちを見ていた。

シャツの裾から伸びた二本の素足《すあし》。やっぱりこの格好は間が抜けているのだろうと考えるも、じっと見つめる眸はどうもそれとは違う。昨晩のベッドの上での熱を帯びた眼差しを思い返してしまい、やっと落ちつきかけた気持ちが騒ぐ。

「塚原、タマゴ焦《こ》げるぞ」

顔だけはどうにか平静を保《たも》って声をかけた。

「あ、ホントだ、すみません」

軽く頭を下げた男はすぐに視線をフライパンに戻したが、奇妙な態度に以前の張り込みの車中の会話を思い出した。

そういえば、好きな仕草がどうとか言っていた。

貸した自分のシャツを着た女の子が好きだとか。シャツだけ羽織って覗く足がどうとか、ぐらっとくるとか——

本名は思わず自分の足を見下ろす。

そんな馬鹿な。

色気もない男の足だ。

あれは女限定の話で、塚原が自分になんてぐらっとくるはずがない。昨晩はちょっと溜まっていて、欲求不満が限界に達していただけで、手近にいたのがたまたま自分だったというだけだ。

欲望の捌《は》け口《ぐち》に過ぎない。

導《みちび》いた考えは、どういうわけか二日酔いには陥《おちい》ってないはずの胃を気持ち悪くさせた。

グラスを握り締めたまま身動きが取れなくなる。

「本名さん、スクランブルエッグとパン焼けました。向こうで食べましょう」

「え？　ああ、うん」

我に返ったように応え、皿を受け取ってリビングに移動した。

本名はソファに座り、塚原はラグの上に無造作に胡坐《あぐら》をかいて食べ始める。言葉数は少なかったけれど、穏やかな時間に感じられた。ボイルカーテン越しに差し込む朝日のせいかもしれない。

飽きるほど見慣れた男の顔がいつもと違って見えた。寝起きのぼさっとしたままの頭も、少し厚ぼったく腫れた目も。そういえば以前、朝は苦手だと言っていた。庁内で泊まり込みの朝はいつも不機嫌そうにむすっとしているのに、今朝はどうしたことか。

ちょっと固めに焼けたスクランブルエッグを食べながら、意外とマメなんだなと思った。

結構気のつく優しい男なんだとも。

柔らかな光を浴びたその顔を、本名は知らずして見つめていた。

「あ、テレビでも点《つ》けましょうか？」

リモコンに手を伸ばそうとした男が、ふとこちらに顔を向け、目が合いそうになって慌てて視線を逸《そ》らす。

塚原は駄目だ。

――って、なにが?

「あのさ、昨日は迷惑かけたな」

芽生《めば》えそうになった気持ちと疑問に、本名は慌てて蓋をするように言葉を発した。

「べつになにも迷惑なんて被《こうむ》ってませんけど。ていうか、昨日は俺……」

「俺、ちょっと真面目に考えてみるわ」

「考える?」

怪訝《けげん》そうにする塚原に、本名は言った。

「だから……恋愛のこと? まだピンとこないけど、おまえの言うとおりなのかとか……係長のこと、好感持ってるのは確かだしな」


塚原《つかはら》とあらぬ関係になり、不測《ふそく》の事態でふわふわとその週は始まった。

けれど、仕事はまるきりいつもどおりだ。

検挙者《けんきょしゃ》のほうは調べも順調に進んでいる。注目の密輸ルートは、このところ増えてきている監視が緩《ゆる》くなりがちな地方の空港や港を利用しての持ち込みだった。

問題は斉田《さいた》だが、小物扱《あつか》いで重要視されず上層部の関心は薄れる一方だ。所轄《しょかつ》も捜査にはあまり協力的でない中、渋谷で斉田を見たという目撃情報が入った。

「目撃者は顔見知りで、信憑《しんぴょう》性も高いんだな」

係長デスクの前に立つ本名《ほんな》は、廣永《ひろなが》の言葉に「はい」と頷く。

「気になるのは洪和会《こうわかい》の動きだ。四課からの情報によると、渋谷での構成員の動きが活発化している。どうも斉田を探しているらしいんだが……」

「洪和会も斉田の居所を把握《はあく》できてないってことですか。組も探しているとなると……なにか取引の重要な情報を握っている可能性がありますね。こっちに先を越されたら都合の悪くなるような……」

そこまで確認して、本名は矛盾《むじゅん》に気がついた。

地方へ逃亡していないなら大助かりだが、斉田にとっては不利な状況だ。

「何故《なぜ》斉田は渋谷に姿を現わしたんでしょう。昔、根城《ねじろ》にしていた場所じゃないですか。見つかる確率上がるってのに」

「そうだな、行動に不可解な点がある。とにかく情報が少なすぎるな。たった一件の目撃情報だけじゃ動きにくい」

情報。

真帆《まほ》がもっと協力的であれば、糸口が掴めそうな気がするのは期待し過ぎだろうか。裏切った男の肩を持つほど、警察を毛嫌いしているのか。

『あなたってさぁ、恋愛したことないでしょ？』

あの言葉の持つ意味。

報告をすませた本名はデスクを離れようとして、廣永の携帯電話が鳴ったのを耳にした。メールだったらしい。確認した男は渋《しぶ》っ面《つら》で溜め息をつく。

「なにかありましたか？」

事件絡《がら》みかと声をかければ、廣永は途端にバツの悪そうな顔になった。

「いや、私用だ。家からだよ。娘の帰りが遅いって言うから心配してたんだが、ちゃんと帰って来たようだ」

もう夜も十時を回ろうとしている。娘はまだ高校生のはずだから、学校からの帰りがこんなに遅くなっては確かに気がかりだろう。

「はは、実は週末にケンカしてね」

「ケンカ？　親子ゲンカですか？」

「友達とネズミーランドに行って、ホテルに一泊したいって言うから、『女の子同士だろうが高校生が親抜きで泊まりなんて絶対ダメだ～！』って許さなかったら娘がキレてね。『自分は家族旅行ドタキャンしといて、なに言ってんの』ってそりゃもうえらい剣幕《けんまく》でなぁ。それで家出を仄《ほの》めかすようなことを言ってたから、心配になって……」

「無事に帰ってよかったですね」

「まぁ娘の言い分も正しい気がするもんだから、俺も強く出れなくてな」

「仕方ありませんよ、仕事ですから。家族仲がいいからこその不満ですしね、きっと理解してくれます……って、すみません。俺、なんか月並なこと言ってますね」

廣永は照れ臭げに笑った。

「いや、心に沁《し》みるよ。部下に慰《なぐさ》められているようじゃ駄目だな、俺も」

駄目どころか、そこが廣永のいいところだと本名は思う。

仕事も上下関係も厳しい警察だからこそ、廣永のようなタイプの上司はオアシス的な存在だ。弱味を見せられることによって、こちらも本音や悩みを明かしたくなる。そうして信頼関係に繋《つな》がっている。

やっぱり好きだなと感じた。

白髪《しらが》交じりの頭を掻《か》いている男に自然と頬が緩んだ。

――この感情が恋なのだろうか。

父親に対する思慕《しぼ》に近いと思うが、廣永はそれほど高齢なわけではない。なんにせよ、家族思いの父親であるのを隠そうともしない廣永を恋《こ》い慕《した》っても仕方がない。

自覚した途端の失恋か？

そう考えても、特にショックのようなものはなかった。

やっぱり、これは恋とは違うのではないか。

恋愛のブランクが長過ぎるせいで、どうにも確信が持てない。

本名は視線を感じ、背後を見た。

机の島には今日も同じく帰りの遅い塚原がぽつんと座り、パソコンを操作《そうさ》している。顔はこちらに向いていなかったが、見られていた気がしてならない。

「おまえのほうは今日進展あったか？」

近づいて声をかけても、塚原は画面を見据《みす》えたままだ。

「いえ、特にはありません。目撃情報の裏が店員の証言で取れたことぐらいですね」

「塚原、あのな……」

「なんですか？」

取りつく島がないとはこのことだろう。こちらを仰《あお》ごうともしない男に、言葉でぴしゃりとやられた感じがした。

自分がなにを言おうとしたのかも、よく判らない。

「いや、なんでもない」

席には戻らず、本名はそのまま部屋を出た。隣の給湯室《きゅうとうしつ》でコーヒーでも入れようと思った。すっきりしない。

判らないのは、塚原のことだ。

三日前の朝、目覚めて世話になったときは朝食を用意したりと機嫌は悪くなかったはずなのに、いつ間にか溝《みぞ》のようなものができている。あの朝、廣永の話を振った辺りからどうも様子がおかしくなった。

自覚させたのはおまえじゃないか。

まさか、今更あんなセックスの真似《まね》ごとをしたのを後悔しているのだろうか。塚原は女好きのヘテロであるから、そっちの可能性ならまだ納得がいく。

――嫌悪感《けんおかん》でも抱《いだ》かれたか。

考えると、本名は気落ちした。

しかし、元々反《そ》りが合わない奴だとお互い感じていたのだ。端《はな》から嫌い合っていたのなら、なにを今更落ち込む必要がある。

塚原のことを考えると、どうも自分まで判らなくなってくる。

「なんだかな……」

溜め息を零《こぼ》しつつ給湯室に入ろうとした本名は、暗がりに佇《たたず》んでいた人影に驚いて『ひっ』となった。

「佐次田《さじた》……そんなところで、なにやってんだ？　電気も点《つ》けねぇで、びっくりしたじゃないか」

壁に凭《もた》れ、携帯電話を握り締めて立っていたのは坊主頭《ぼうず》の佐次田だ。明かりを点《とも》すとヤクザ顔負けのファッションの男の金色ネックレスが蛍光灯《けいこうとう》に光る。

「ああ、本名さん……お疲れっす」

まだ二十六歳と若い佐次田はいつもは疲れ知らずのタフな奴だが、今はこちらが『大丈夫か？』と問いたくなるほど色のない顔をしている。

「なにを黄昏《たそが》れてたんだ？」

「いや……刑事ってのは恋愛ができない仕事なんですかね」

見上げる強面《こわもて》の坊主頭から飛び出した不似合いな言葉に、本名は目を瞠《みは》らせた。

「どうしたんだ、急に」

「察してくださいよ。女に振られたんすよ」

「おまえ、彼女いたのか⁉」

組対《そたい》の面々なんて独身で嫁ナシ、恋人もナシ、ペットすらナシ。それで当たり前の世界だと思っていたが、まさか佐次田に女がいようとはだ。

これは恋愛事に縁がなかったのは自分だけだと、ついに考えを大きく方向転換せねばならないかもしれない。

「彼女っていうか、一方的に惚《ほ》れてたんすけどね。やっと遊びに誘ったりできるとこまで辿《たど》り着《つ》いてたのに、ドタキャンしちまって……『刑事なのに約束守らないなんてサイテー』って言われて……そんなん言われても仕事だし、どうしろってんだか」

しょぼくれて愚痴《ぐち》を零すうちに腹も立ってきたのか、佐次田はぐっと拳《こぶし》を握り締める。

「クソっ、刑事なのに守らないんじゃなくて、刑事だから守れないんだっつーの！」

「それは……そのとおりだな。てか、全力で埋《う》め合《あ》わせをすればまだ……」

間に合うのではと言いかけ、本名は小首を傾《かし》げた。

「そういやおまえ、月曜になんか大事な用があるとかって、仕事切り上げて早く帰ったのはどうしたんだ？　埋め合わせできたんじゃないのか？」

「は？　なんすか、それ。俺はもうずっと早く帰ったりしてませんよ。庁内にいなくったって、供述《きょうじゅつ》の裏取りに塚原さんや所轄《しょかつ》の人と歩き回ってんです！　日曜も返上《へんじょう》でやってんのに、本名さんひどいじゃないですかぁ！」

よく知っているはずの同僚にまで疑われるとは心外だと、佐次田は詰め寄ってくる。

「け、けど、おまえが一緒に行けないからって、塚原が……」

バーへの同伴者が代わりに欲しいと、自分に声をかけてきた。

あれはなんだったのか。

憤慨《ふんがい》する後輩を宥《なだ》めつつ、本名は理解できない謎がまた一つ増えてしまったと思った。


刑事だって人間だ。

走れば喉《のど》が渇《かわ》くし、動けば腹が減る。人間関係で相手が自分に故意《こい》に素《そ》っ気《け》なくしていると なれば、仕事だろうが行動を共にし辛《づら》くもなってくる。

しかし、捜査は一時も私情で動いてはくれない。自分の感情を表に出して避《さ》けるほど、本名も愚《おろ》かではない。

翌日の夜、斉田が通っていた店の情報を聞きつけ、本名は塚原と向かった。

「え、じゃあ、刑事さんってこと?」

ばさばさと音の鳴りそうな睫毛《まつげ》をした女は、そう言うと笑顔を強張《こわば》らせる。

舞台と見紛《みまご》うドレスと、高々と髪を盛った女の子の集まる店はキャバクラだ。

「なんでもいいから教えてって言われても、ねぇ? うちらにも守秘義務があるっていうか……」

水商売には警察に苦手意識を持つ人間も少なくない。客の振りして入店し情報を得るつもりだったが、埒《らち》があかなくなって身分を明かせば途端に同席した女の子たちは口が重くなる。

ボックス席についた三人のキャバ嬢《じょう》は視線を泳がせ、本名が弱りかけていたところ、通路から声が上がった。

「あれっ、一頼《かずより》さん!?」

ソファに座る塚原を真《ま》っ直《す》ぐに見据《みす》えて近づいて来たのは、サーモンピンクのドレスを着た小柄なキャバ嬢だ。

「……美恋《みれん》？」

「うわぁ、どうしたのっ？　遊びに来たのぉっ？」

ミレンと呼ばれた女は歓声《かんせい》を上げ、ボックスからは怪訝《けげん》な反応が出る。

「なに、美恋の知り合い？」

「ローズナイトにいたときのお客さんよ～。急にあたしお店変わっちゃって、連絡取れなくなったからどうしてるかなぁと思ってたとこ」

シートに空《あ》いた狭いスペースに彼女は無理矢理割って座り、塚原がやや咎《とが》めるように言った。

「なんで連絡しなかったんだ？　新しい店、教えてくれればよかっただろう」

「それがケータイ水没《すいぼつ》させられちゃって……」

「なんだ、また男絡《がら》みか？　おまえは男を見る目がなさ過ぎんだよなぁ、手を上げるような奴は論外だっていつも言ってたろ」

「はぁい、今度こそ気をつける」

キャバクラの客というよりも、デキの悪い妹と兄のような会話だ。本名も驚いたが、周りの女の子たちも意外そうにしている。

「美恋にケーサツのお客なんていたんだ」

「刑事さんっていいもんよ～。紳士で安全牌《パイ》だし、ヤバイ目にあったら相談に乗ってくれるし……まぁ、たまにはお礼もいるけどね」

「なに、お礼ってまさかお金〜？」

「違う違う、刑事さんが好きなものって言ったらネタに決まってんでしょ。美味《おい》しいネタ」

女の子を一人挟んだ向こうからチラと本名を見た塚原は、見るからにバツの悪そうな顔をして、言い訳のように反論した。

「べつに仕事しに行ってたわけじゃない、刑事だってキャバクラぐらい行くっての。まぁ今日は違うけどな。捜してる男がいるんだ。なんでもいいから情報が欲しい」

その言葉に本名はすかさずスーツの胸ポケットから写真を取り出す。

さっきまでとは打って変わり、警戒心を解《と》いた様子の彼女たちは重そうな頭を傾《かし》げて覗《のぞ》き込《こ》んでくる。

「この人ね〜、時々来てたけど、指名も決めないし付き合いで来てるって感じだったなぁ。ねえ、そうだよね？」

周りの顔色を窺《うかが》う女に、さらに突っ込んだ質問をした。

「連れはどんな奴？　名前覚えてる？」

「名前までは無理、日本人じゃないの」

「中国人？」

「そっちじゃなくて、中東系の……」

「イラン人よ。日本語は結構上手だった！」

脇《わき》から別のコが、得意げに声を大きくして言う。

守秘義務はどうしたのか。話し始めた彼女たちは結構な噂好きのお喋《しゃべ》りで、本名が促《うなが》すまでもなく次々と覚えていることを並べ始める。

「そうそう、この人って変わってんだよね。ほらぁ、あれあれ、みんな呆れてたじゃん？」

「なに？　変な癖《くせ》でもあった？」

「癖っていうか、ノロケ好き？　キャバに来て彼女自慢すんだもん。なにしに来てんの〜って感じだったよねぇ」

本名は瞠目《どうもく》した。

思わず塚原とも目を合わせる。

「彼女って名前は？」

「んー、名前……まあちゃんって呼んでたかなぁ。パチで出会ったってゆってた」

「パチンコ？　ヘルスじゃなくて？」

「ヘルス？　やだ、なにそれ、違うわよぉ」

『彼女』というのが島野《しまの》真帆なら、勤める五反田《ごたんだ》の店で斉田とは出会ったのだろうとばかり思っていた。あまり体裁《ていさい》のいい仕事ではないから伏せた可能性もあったが、すぐにそれは否定される。

「常連でいつもそこで打ってるっつってたから、本当だと思うよ。だいたい、うちらに嘘言ってもねぇ？」

「あたし、パチの話なら何度かした！　家が近所だから、同じ店たまに行ってるって話したら、出やすい日を教えてくれたりして」

「なんて店？」

本名はすかさず問う。

それからしばらく、雑談交じりの話は続いた。

同伴者の情報には辿り着けなかったが、彼女たちとの会話で今まで判らなかった斉田という男が見えてきた。

社会からドロップアウトした犯罪者。裏社会でも半端《はんぱ》もののどうしようもない男だと踏んでいたけれど、女に対しては一途《いちず》で生真面目《きまじめ》な一面もあったらしい。

しかし、腑《ふ》に落ちなかった。

『まあちゃん』が島野真帆であるなら、そこまで好きだった女を盾《たて》にして斉田は逃げたことになる。人間咄嗟《とっさ》の行動は本性が出るものだが、キャバクラで惚気《のろけ》て女の子たちをドン引きまでさせた男がやるだろうか。

店を出た後、ついでに近辺の飲食店も当たってみたが斉田と同伴者の情報は得られず。本名は塚原と電車に乗り、斉田の家の近くのパチンコ店に向かった。

こうなったら、小さな情報でも欲しい。

ぐずぐずしている暇はなかった。

一斉摘発《てきはつ》から約二週間。延長の認められた真帆の勾留《こうりゅう》期限も、あと二日で切れる。再度の延長請求は可能だが、このままでは斉田を逮捕できないまま、真帆は覚醒剤取締法違反で検察が起訴《きそ》するか否かを決めるだろう。

本名は不起訴になると見ていた。薬の入ったビニール袋から、真帆の指紋《しもん》を採取《さいしゅ》できなかったからだ。

「ああ、この人ならよく来てたね」

パチンコ店で写真を見せると、男性店員は斉田のことを覚えていた。

「最近見ないけど……そうそう、こっちの彼女と来てましたよ。はは、印象残ってたっていうか、ちょっと色っぽい美人でしょ?」

「ほかにこの店で親しくしていた人はいませんか? 外国人を連れて来たことはありますか?」

本名の問いに、店員は常連の何人かと喋《しゃべ》っているのを見かけたが、いずれの客も今夜は来ていないという。

「そうですか……来たら教えてくれませんか?」

店は金曜らしく、会社帰りのサラリーマンやらでそれなりに賑《にぎ》わっていた。刑事二人が店内をこそこそうろつくのは悪目立ちする。

「少し打ちますか？」

「……そうだな」

塚原の提案に本名は頷いた。

選んだ台は、斉田が気に入っていたという懐かしのアニメをモチーフにした台だ。たまたま空《あ》いていた隣り合わせの台で打ち始める。

パチンコ屋は久しぶりに入るが、相変わらず騒がしい。客の興奮を煽《あお》り立《た》てる様々な効果音。バリバリと落ちていく玉の鳴る音。静けさなどまるでないのに、塚原と並び座っていると無言でいるのがやけに重く感じられた。

今夜も相変わらず、なにか不貞腐《ふてくさ》れでもしているかのように塚原は口数が少ない。

本名は張り上げ気味に声をかけた。

「塚原ぁ、おまえ、情報取るためにキャバ通《かよ》ってたんだな！」

さっきの店では否定していたが、今日の偶然の再会を見るに間違いないだろう。夜の店にはその筋《すじ》の人間も多く出入りし、ヤクザと関係している女も少なくない。女の子と親しくなっておけば、なにかと捜査に役立つこともある。

情報は宝だ。しかし、そうなるとたぶん通っているのも一店や二店じゃない。金もかかるが時間もかかる。確かに塚原は暇さえあれば……いや、暇がなくとも僅《わず》かな時間でもキャバクラに行っているようだった。

そう、二週間の張り込みがようやく明けた夜さえも。

「ただの息抜きですよ。たまに一石二鳥《いっせきにちょう》にもなりますけどね」

見る目の変わった本名に対し、塚原は変わらず淡々と返した。横顔は、ガラス越しに銀玉が次々と落ちていくのを無表情に見据《みす》えている。

塚原という男はどうも判りづらい。

まるで理解していなかったことに、本名はようやく気づき始めたところだ。

大雑把《おおざっぱ》に見えて捜査は丁寧。いいかげんなはずが時折慎重。ガサ入れでは自分が危ない橋を渡ると不快感を顕《あら》わに非難する。

そして、煙たがっているかと思えば、セックスの相手になろうとしてみたり――

何故バーへ行くのに自分を誘ったのだろう。

「あっ！」

ぼんやりと右手でハンドルを握るだけになっていた本名は、あっという間に吸い込まれて残らず消えた玉に声を上げる。

「本名さん、ヘタクソっすね」

「今時のパチンコなんて運だろ、運！」

ぼそっと放たれた塚原の呟きに、つい負け惜《まお》しみを言ってしまった。投入口に新たな札を入れながら隣を見れば、こっちを見た塚原が噴き出すように笑っていた。

久しぶりに笑うところを見た。

「笑うな、バカ」

すかさず罵《ののし》るも、ほっと心が弛緩《しかん》する自分がいる。

「可哀想だから分けてあげますよ。ツキのない先輩はこれでどうにかしてください」

無造作《むぞうさ》に玉を掴んだ男は、本名の台に突っ込んできた。

「わっ、いいのか？」

「取り返してくださいよ」

他愛《たわい》もないやり取りなのに、妙に浮足立つ。パチンコ効果か、どうやら塚原の機嫌が戻ってきている。

状況を楽しんでいる自分に、本名は斉田もそうだったのだろうかと思った。

斉田と真帆も、もしかしてこんな風に知り合ったのか。

それから閉店近くまでの間に、塚原は当たりを連発してドル箱を積み、結局本名は財布を軽くしただけだった。斉田の顔見知りは現われずじまいだ。

「……もうこんな時間か」

腕の時計を見て放った自分の一言に、本名は少なからず驚かされる。塚原といて、あっという間に過ぎ去る時間。張り込みとは事情が違うとはいえ、そういえば最近はずっとそんな感じがする。

バーで過ごした夜も、それから塚原の家での時間も――

「本名さん?」

声をかけられ、慌てて立ち上がった。

「短時間でよく勝ちましたね～」

さっきの男性店員に苦笑いされつつ、景品カウンターに案内される。

塚原はショーケース内の景品を見て回り始めた。

「なんだ、両替しないのか?」

「本名さん、好きなの選んでいいですよ」

「なに言ってんだ、勝ったのおまえだろ。変な気ィ使うな」

「たまにはいいところ見せさせてくださいよ。それに一応勤務で来てるんで、自腹とはいえ儲《もう》けんのは気が引けるんですよね」

変なところで真面目だ。

自分にいいところなんて見せてなにが楽しいのか疑問だったが、本名は言われてケースや棚《たな》を見た。今時のパチンコ屋は景品になんでも揃《そろ》えている。

菓子からアクセサリー類まで。そのうち結婚指輪でも並ぶんじゃないかと思うほど、女の好きそうなアクセサリーは充実していた。小金を稼《かせ》いだ男がこれで彼女や嫁を喜ばせたりするのだろう。

ふとなにか引っかかったが、塚原の上げた声にそっちを見た。

「あっ、これどうですか。本名さん、携帯灰皿失くしたって言ってたでしょ？」

指差しているのは、キャメルの革張りのスマートな携帯灰皿だ。

「いいよ、もったいない。たまにしか吸わないし、俺は煙草のオマケについてくるようなので充分……」

「これにしましょう。これ、ください！」

有無《うむ》を言わさず、塚原はそれを景品カウンターの女性スタッフに頼んで交換した。

「いいって言ったのに、人の話聞けよ」

文句を言いつつも、差し出されると『おう』と応えて受け取ってしまう。

「塚原、ありがとうな」

店を出る間際に告げると、ぶっきらぼうな口調だったにもかかわらず、言われた男は嬉しげに笑んだ。

残りを雑貨や食料品に替え、景品でいっぱいになった袋を下げた男の隣に並んで歩く。繁華《はんか》街《がい》の通りはまだ明るい。

ネオン看板はいかがわしげな店やらどれも安っぽいものばかりだったが、本名の目にはどういうわけか輝いて映った。

時間も遅いということで、今夜は直帰《ちょっき》にして塚原とはそのまま駅で別れた。

酒も飲んでいないのに、なんだかふわふわした夜だ。

――疲れが過ぎてハイにでもなってんのか？

一人ホームに上がった本名は、乗車カードを上着ポケットに突っ込もうとして、指先に触れるものを感じた。

塚原にもらった携帯灰皿だ。

可笑《おか》しくもないのにふっと頬を緩めてしまい、慌てて表情を引き締める。夜更《よふ》けのホームには電車を待つ帰宅客が多くいた。

ベンチに伸びた酔っ払いのサラリーマンに、元気な若者グループ。いつもの光景だ。足を止めたすぐ傍《そば》では、カップルの女の子がなにやら友人関係の愚痴《ぐち》を彼氏に語りきかせている。

本名はホームの端近くで、電車の来る気配のない線路を見据《みす》え、斉田と真帆のことを考えた。

二人は心から愛し合っていたのではないか。

そんな気がし始めている。

あの薬、斉田がスカートに突っ込んだのなら、それは手持ちの薬を処分して自分の身を守るためだと思っていた。でも、もし斉田の真帆への愛情を信じたなら……あれが、悪意からでないとすればなんのためだ。

今、真帆はどうしてる。

留置場《りゅうちじょう》の中だ。薬のせいで警察に捕まった。取調べの毎日で、反抗的に容疑を否認《ひにん》するものだから逃亡の恐れありと判断され、家にも帰れないでいる。

家。

そうだ。もしも何事もなく二人で暮らすアパートに帰っていたとしたら？

斉田は戻れない。来るのは斉田を追う連中だ。警察、それから洪和会の組員たち。

斉田は自分の女である真帆に危険が及ぶと考えたんじゃないのか。

逮捕され勾留となれば、洪和会の人間が真帆に近づくことはできない。しかし、目的が警察に保護させることなら、どうして正当な方法で求めようとしない。真《ま》っ向《こう》から警察を頼れない理由だからか。

そこまで身の危険を感じるほど、下《した》っ端《ぱ》の斉田が握っている情報ってなんだ。

しかも、まるで奴らを裏切りでもしたみたいに追われて――

「あ……」

本名は凝然《ぎょうぜん》と線路を見つめる目を一度瞬《しばたた》かせた。

ホームの明かりを浴びたレールは銀色に光り、その下には錆《さ》びた色をしたバラストが敷き詰められている。同じように見えて、不揃いの石たち。上手く重なり合わない。

なにか一つずつは取るに足らないようでいて大事な情報を、自分はもう無数に集めているのに繋《つな》ぎ合《あ》わせられないでいるだけではないか。

預けられた恋人。警察からだけでなく、組からも逃げ回っている男。そのくせ危険を顧《かえり》みず渋谷には現われた。以前根城にし、イラン人の売人たちと薬を売り捌《さば》いていた場所だ。恐らく、キャバクラで何度も会っているのも、そのよからぬ繋がりのイラン人たちだろう。

なんのためって――未《いま》だにヤクを売る気があるからじゃないか。

「そうか……だからなのか」

取調べでの渋和会の組員の反応。取引の金額……シャブの単価に関わる話をしたら、鬱陶《うっとう》しい貧乏揺すりを止めて怪訝《けげん》そうに自分を見ていた。あいつは馬鹿じゃない。小学生程度の算数ぐらいできる。

計算が合わなかったからだ。

誰も口を割っていないが、奴らがあの晩あのビルで受け渡すはずだった覚醒剤が押収《おうしゅう》量と合っていないのなら納得がいく。組員の反応も、その後の組の動きも。

情報じゃない。

斉田は薬を持ち逃げしたのだ。

恐らく真帆のポケットに入れたような端《はした》じゃないだろう。逃げる斉田はなにも持っていないように見えたが、羽織ったシャツの下に隠し持っていたのかもしれない。

そこまで考え、本名は斉田の服装を詳しく思い返した。ズボンには確かナイロンベルトが通っていた。ウエストポーチのようなものか。

『あいつ、「リセットしたい」が口癖《くちぐせ》だったから』

真帆が何気なく漏らした言葉が頭に蘇《よみがえ》る。

赤い車。女と旅の荷物。

あの晩、斉田は警察から逃げるつもりだったんじゃない。組から、八方ふさがりの生き方から、今までの自分から逃げてしまおうとしていたんじゃないのか。

真帆はどう思っているのだろう。

斉田にどんな意図があったにしろ、彼女が事前にそれを知り得ていたとは思い難《がた》い。予定外だったからこそ、斉田のナイフを持つ手はあんなに震えて——

「だぁって腹が立つんだもの！」

背後から鋭く響いた声に、本名ははっとなった。

さっきからずっと友達の不満を零《こぼ》し続けているミニスカートの女だ。集中していて会話の内容まで詳しく聞いていなかったが、そろそろ聞き役の彼氏も辟易《へきえき》しきっているのが判る。

「友達に言われたぐらいでなんだよ。おまえだってよく俺を悪く言ってんだろ。だいたいおまえが先に俺のこと愚痴ったんじゃねぇのかよ？」

「あたしがタカシの悪口言うのはいいけど、関係ないコが悪く言うのはヤなの！」

「うっわ、なんだそれ。めんどくせぇ女だなぁおまえ」

呆れる男に、なおも女は文句を言い続けていたが、すぐにそれも途切れた。レールを軋《きし》ませながらホームに電車が入ってくる。意識は皆そちらに向かい、ぞろぞろと列を成《な》して乗り込み始めた。ベンチに伸びたサラリーマンもどうにか目覚めて車両に乗り込み、アナウンスと共に扉が閉まる。

電車の走り去ったホームには人気《ひとけ》がなくなった。

立ち尽くしたままの本名を除いては。

「………そっか」

ようやく判った。

真帆はまだ斉田を信じている。

少なくとも、ナイフを突きつけられたぐらいでは愛情は損《そこ》なわれてはいない。

カップルの会話に気づかされた。

彼女の取調室での一つ一つの言動は、斉田への想いに繋がっている。

霧が晴れたみたいに頭がクリアになってきた。一つが見えたことによって、次々と明らかになる。不揃いのバラストが、強固な一塊《ひとかたまり》の岩に変わるように。

さっき店にいたときに気がつくべきだった。

本名は携帯電話を取り出した。

「塚原、いまどこにいる?」

ツーコールで出た男に呼びかける。ノイズのような騒音が背後に聞こえ、塚原はやや声を潜《ひそ》めて応えた。

『どこって、電車の中ですけど』

「あー、もう帰ってるところか。じゃあいい、ちょっと俺一人で確認してくる」

『確認って、なんすか？』

「ブレスレット！　おまえ、覚えてるか？　島野真帆がいつもつけてるやつ」

『金色のを左手につけてるのは覚えてますけど、デザインまでは……細くて、小さい飾りのやつですよね』

直接取調べていたわけではないのに、そこまで記憶しているだけでも、塚原はちゃんと真帆を見ている。

「それと同じのが、さっきのパチンコ屋の景品にあったような気がするんだ。あれは斉田が贈ったものかもしれない」

ショーケースの中のアクセサリーになにか頭に引っかかりを覚えたのは、そのせいだ。

真帆が大事そうに扱《あつか》っていた、あのブレスレット。

『それがどうかしたんですか？』

「島野真帆は今も好きなんだ。つまり、斉田は裏切ったりしてないってことだよ。あれは盾にしたんじゃない。俺らに彼女を守らせるつもりだったんだ。追ってくるはずの組の人間から、遠ざけなきゃならなかったんだ」

急に合点《がてん》のいくはずもない男に、本名は興奮気味に捲《まく》し立《た》てた。

「斉田はヤクを持ち逃げした可能性がある」


パチンコ店は閉店時間を迎え、もうシャッターを下ろしかけていたが、駅から戻った本名は滑《すべ》り込《こ》みで入れてもらうことができた。

「ああ、それね。前は月や星のついたのもありましたよ。女性に人気で、入れ替わりが激しいんですよね」

ショーケースの中のアクセサリーを指差すと、景品受付カウンターの女性スタッフは本名の望む答えを寄こした。同一のものはなかったが、ハート形のトップのついたブレスレットの雰囲気が酷似《こくじ》しており、気になったのだ。

「交換した人、覚えていますか?」

「え、それは無理ですよ。数あるし、毎日たくさんのお客さんの相手してるんで……」

女性は無理だと応えたが、本名が写真を取り出して見せると「あっ」と声を上げた。

「この人たちならよく覚えてます。ブレスも交換したかも。とにかくすっごく仲がいいんですよ。こっちの男の人のほうが勝ってもね、いつも景品は彼女に選ばせるんです。なんかそういうのちょっといいなって、私思ってたんですよね……そういえば最近見ませんね。どうかしたんですか？」

刑事が来て情報を求める。ようやくその事態の特異さに気がついたらしく、女性店員は訊《き》き返《かえ》してきた。

「いえ、伺《うかが》いたいことが二、三あって探しているだけです。ありがとうございました。閉店なのにすみません」

本名は誤魔化《ごまか》し、軽く頭を下げると半分シャッターの下りた出入り口から店を後にした。

やはり、真帆はまだ斉田を――

斉田の潜伏《せんぷく》しそうな場所を、彼女はきっと知っている。

今すぐにでも取調べをしたいぐらいだ。まだ十二時は回っていない。庁内には、係の人間も何人かは残っているだろう。主任や係長にも連絡をしないと。

本名は急《せ》いた気分で、来た道をまた戻り始めた。もどかしく携帯電話を取り出そうとして、こちらへ向かってきた男たちに目を留める。

注視したのは本名だけでなく、前を行くカップルも気づいて道を開けた。

見るからにカタギでなさそうな風情《ふぜい》の男が二人、煙草を吹かしながら歩いてくる。周辺はまだ営業している居酒屋やスナックも多く、さして驚く光景でもなかったが、本名が目をつけたのは一方が見覚えのある顔だったからだ。

洪和会の構成員だ。

この辺りは闊歩《かっぽ》して歩く縄張《なわば》りではない。

行き過ぎた男たちを振り返り見る。じっと背中に向けた本名の目は、いつものどこか虚《うつ》ろに据《す》わりきった眼差しだった。

迷わず後を追った。パチンコ店の前を通り過ぎ、飲み屋の前も素通りし、次第に店も人気《ひとけ》もなくなっていく。この先はもう住宅街しかない。

けれど、本名にはもう目的地は判っていた。

踏切を渡って右手へ、緩い坂を上る道は本名もつい最近歩いたばかりだ。見えてくるのはクリーム色のタイルを模《も》した外壁《がいへき》のアパート。斉田と真帆の部屋に当然ながら明かりはなく、ひっそりと息を潜《ひそ》めたように暗い。

二階に上がった男たちは、ドアの前でこそこそと何事かやり始めた。

ピッキングか、サムターン回し狙《ねら》いでドリル穴を開けているのか。

男たちがドアを開け、不法侵入《しんにゅう》するタイミングを見計《みはか》らって本名は声をかけた。

「なにをやってる?」

土足で家に上がり込もうとしていた二人は、ビクッと判りやすく反応した。振り返るや否《いな》や、茶色い髪のほうがお決まりの凄《すご》みを見せる。

「なんだ、テメエは?　なんか文句あんのか、コラ!」

本名は瞬《まばた》き一つしなかった。夜にもかかわらず色つきのサングラス風メガネをかけた男が、通路に立ちはだかった本名を見ると、茶髪を制した。

「待て、こいつは……サツだ」

「覚えてたのか」

「はっ、その面《つら》は一度世話んなったら忘れねぇなぁ。相変わらず女みてぇな顔しやがって」

「どうやら何度も世話になりたいようだな。なにをしに来た?」

男二人は顔を見合わせたかと思うと急に歯切れが悪くなり、言葉に詰まった。

本名は玄関ドアに開けられた穴を指先でなぞる。

「短絡《たんらく》だな。警察がガサ入れした後だってのに、探せばなにか出てくると思ってんのか? 住居不法侵入の現行犯だ。近くの署で詳しく話聞かせてもらうぞ」

「はっ、冗談だろ」

「あいにく俺は冗談言うほどヒマじゃないんでね」

「ヒョロイ奴がナメたこと言ってんじゃねっ……!!」

掴みかかろうとした茶髪に、本名はゆらりと前に出た。男は本名の首元を締めるどころか『ぐぐ』と言葉にならない呻《うめ》きを上げ、腹を押さえる。

鳩尾《みぞおち》を軽く突いた一発。

「おっと悪い、よろついた。ヒョロイもんで足腰が弱くてね」

「て、テメエ……ふざけやがって……」

呪詛《じゅそ》でも唱《とな》えているかのような、低い声を男は腹の底から捻《ひね》り出《だ》す。

ヤクザが丸腰で歩いているなんて思っちゃいない。茶髪がなにかを取り出そうとジャケットの懐《ふところ》に突っ込んだ手に、本名はさせまいと危険を顧《かえり》みず体当たりした。

怯《ひる》まない。退《ひ》かない。一瞬の迷いが命取りになる。いつものように身を屈《かが》めると同時に、趣味の悪いごつい腕時計の男の浅黒い右手首を引っ掴んだ。

懐に潜《もぐ》り込《こ》んだ本名は身を反転させようとして嫌な抵抗を感じた。手狭《てぜま》なドア口で男の肩が引っかかる。スーツが引《ひ》き攣《つ》れるのにも構わず、すぐさま組み直して体勢を変えようとした瞬間、なにか床を打つ音を耳にした。

通路の硬い灰色のコンクリートの床で弾《はず》んだもの。

「あ……」

キャメルの携帯灰皿だった。

ポケットから落ちたそれに、本名はほんの一瞬だが意識を奪われた。

金色のブレスレット。慌てて手を伸ばした女の姿がフラッシュバックした。同じように本名も目を奪われ、拾い上げることまではしなかったが、僅《わず》か一秒にも満たない隙《すき》が形勢を逆転させた。

ガッとドア枠《わく》に男は足を突っ張らせた。

「くそっ……！」

抵抗を受けて揉《も》み合《あ》いになり、気づいたときには腹に硬いものを感じた。

黒く冷たい銃身《じゅうしん》が、身を突き破らんばかりに押し当てられる。

「はは、大人しくなったか、刑事さんよぉ？」

至近距離に迫った顔。並びの悪い歯で男は言い、本名は怯もうとしない双眸《そうぼう》で睨み据えた。

「シャバとお別れしたいのか？」

「こっちは臭《くさ》い飯食った分だけ箔《はく》がつく仕事なんでね」

「今時古臭いヤクザだな。それに、こんな事件起こしてムショに入っても、箔どころか厄介者《やっかいもの》で笑われんのがオチだぞ。抗争相手ならともかく警察相手じゃなぁ、鉄砲玉にもなりゃしねぇ」

男の目が僅かに揺らいだ。

腹の拳銃の感触は緩みそうになったが、玄関の奥で成り行きを見ていたサングラスの男が言った。

「ムショに入りたくなきゃ、仏を上げなきゃいい」

頭に衝撃が走った。本名は無造作に髪を掴まれ、引《ひ》き摺《ず》られる。通路から部屋へ。足を縺《もつ》れさせる間に体は中へと収まり、廊下もない小さなアパートの一室の壁に背も頭も叩きつけられた。

「お…まえっ……」

えのに」

「短絡なのはどっちかなぁ。サツが単独行動なんて。こっちはテメエ一人を消すぐらいわけねえのに」

本名の言葉を男は逆手《さかて》にとり、下種《げす》な笑いを浮かべる。

「どうせならたっぷりボコってからにすっか。女顔に似合いの仕置きはどんなのがあっかなぁ？　おい、さっさとドア閉めろ！」

命じられて茶髪がドアに手をかける。閉じるドアに通路の明かりが失われる傍《そば》から、部屋はぞっと鳥肌立つような暗がりに飲まれていく。

あと十センチほどで閉ざされる。

そう思ったとき、なにかが閉じるドアを阻《はば》んだ。隔《へだ》たれかけた通路の光景が、強引に開かれた戸口の向こうに戻り、そこにはスーツの背の高い男の姿があった。

「つか……」

塚原、と声をかける暇もなかった。

銃を手にしていた茶髪は、身構える間もなくふっ飛ぶ勢いで通路に引き転がされた。腹に蹴《け》りを食らわされ、ギャッと悲鳴が上がる。続けざまに三、四発。それ以上はやばいと、本名がサングラスの男の手を振《ふ》り解《ほど》いて通路に出ようとすると、塚原の顔がこっちを向いた。

「なにやってんだっ！」

肩で息をしていた。

激しい息遣い、険《けわ》しい眼差し。

「なにやってんだよ、あんたはっ‼」

塚原が怒鳴りつけたのは、ヤクザではなく自分だった。


「あんたたち、こんなことしていいと思ってんの～？」

取調室に入る前からぐずぐずと文句を零《こぼ》していた真帆《まほ》は、机につくやいなや向かいの本名《ほんな》をねめつけて言った。

マジックミラーの向こうの小部屋には、係長ほか七係の刑事が数人いる。事態の急展開に誰もが固唾《かたず》を飲んでいた。調書《ちょうしょ》を取る机に座ったのは塚原《つかはら》だ。

日付もとっくに変わった、深夜二時。逮捕当日であれば、送致《そうち》の手続きのため真夜中だろうと取調べに入るが、真帆にとって今は違う。不満は当然であり、留置場《りゅうちじょう》から連れ出したのは例外的な対応だった。

アパートで捕らえた組員が口を割った。

斉田《さいた》が薬を持ち逃げしていること、それが押収《おうしゅう》量に匹敵《ひってき》する量であること。つまり、斉田は大胆にも半分近く持って逃げた計算になる。

末端《まったん》価格一億五千万。どのみち警察に押収されるはずだった薬と言ってしまえばそれまでだが、取り戻したいと洪和会《こうわかい》が考えるのも無理はない。

「まったく、こっちはもう寝てたんだからね？　早起きしろ～、早く寝ろ、あんたたちの都合に合わせて生活させられてんのに、なんなのよ」

眠気で不機嫌な目をした真帆はたきつけるかのように詰《なじ》るが、本名が無言で受け止めていると、気がすんだのかふんっと鼻を鳴らした。

「手短《てみじか》にすませなさいよ」

「もちろんそのつもりだ。君が協力してくれればだけどね」

本名は頷く。スチール机に両手を置き、真《ま》っ直《す》ぐに彼女を見据《みす》えた。

「まず、俺は大きな間違いをしていた。彼は君を裏切ってはいない」

不貞腐《ふてくさ》れた表情で机を見ていた真帆は、顔を起こしたかと思うと眠たげな目蓋《まぶた》を見開かせる。

「斉田は君を守るためにここへ送った。そうだろう？」

「し、知らないわよそんなこと。檻《おり》ん中ブチ込むのが守るってなにそれ」

「そうだな、君も知らなかったんだろう。だから最初は動揺もしたし、彼を疑いもした。でも今は違う。いくら考えても、彼が自分を裏切るとは思えなかった。だから信じるようになったんだ」

急に矛先《ほこさき》の変わった本名の話に、向けられた真帆の目は微《かす》かに泳いで揺れていた。

たとえ彼女が頑《かたく》なに否定しようとも、本名はもう確信を得ている。

「君が俺に言ったことの意味がようやく判ったよ」

「え……？」

「言っただろう？　恋愛もしたことのない男だって。可哀想《かわいそう》なインポ野郎だとも言ったな」

思い出し、本名は苦笑いした。あれはなかなかに痛烈な一言だった。

一撃必殺のカウンターパンチでもあり、ボディブローのようにじわじわと利《き》いてもきた。おかげで、自分の生き方さえ揺るがしかねない事態に陥《おちい》っている。

そして、鈍《にぶ》い自分に気づかされた。

「そのとおりだったよ。俺は恋愛をちっとも知らなくて、君の気持ちをまるで理解できていなかった。君は本当は斉田が嫌いになったんじゃなく、ただ信じたいと思う自分が嫌で、怖くなってそれで彼を悪く言っただけだったのに」

世の中には大切な人がいてこそ芽生《めば》える複雑な感情がある。

駅のホームで、カップルの些細《ささい》な会話に教えられた。

取調べの際、真帆が同情を嫌ったのは、他人が斉田を悪く言うのを快《こころよ》く思わなかったからだ。

身近な相手には時々起こりうる心理だ。例えば家族、兄弟、恋人。不満を抱きどんなに罵《ののし》ろうと、根底《こんてい》に愛情は残されており、他人には同じ行為を許さない。

真帆はそれを見抜けなかった自分を、『恋愛を知らない』と揶揄《やゆ》ったのだ。

本名の説明を、真帆はただ押し黙って聞いていた。

それから重たそうな目蓋を伏せたかと思うと、ふっと笑った。

「バカでしょ。あんな男、どうして嫌いにならないのかしらね」

相変わらず斜《しゃ》に構えた口調だったが、本名は真帆が無意識に左手首に手をやるのを見逃さなかった。

細いブレスレットの感触を確かめるかのように指先でなぞる。

「君は、斉田がなにから逃げてるか知っているね？　なにをやったかも、判ってるんだろう？」

「もし……そうだって言ったら？」

「許されることじゃない。盗んだもので金を得て、どうやって幸せになれる？　ずっと逃げ続けるのか？　奴らは、彼が奪ったものを忘れない。どこまでも追ってくる。いつかは捕まるかもしれない。今、この瞬間だって……斉田は殺されてもおかしくない状況に置かれている」

「ふん、死んでくれたっていいのよ。そうしたら、私だってあいつのことは諦めがつくじゃない」

指先に金色の鎖《くさり》を絡《から》め、弄《もてあそ》ぶように揺らす。

いっそ切れてしまえば、落とす心配をする必要もなくなるかもしれない。けれど、人はアクセサリーじゃない。

「大事なものがなければ、それを失う不安もなくなるってか？　本当にそう思えるのか？　君も斉田も逃げてばかりだな」

「やめてよ、あんたはあいつを捕まえたいだけのくせして……」

「もし奴らから……他人から逃げおおせることができても、自分からは逃げられない。過去は必ずついてくる。時間はかかっても清算する勇気が必要なんだ」

スチール机の天板《てんぱん》に置いた両手を、本名は無意識に握り締めた。被疑者を捕らえ、送検《そうけん》し、然《しか》るべき罰《ばつ》を受けさせる。それが本名の仕事だ。

けれど、ただ人を牢屋《ろうや》にぶち込みたくてこの仕事についたわけじゃない。

真帆はいつしか本名の顔を見つめていた。

「……だから、そういうことは繁《しげ》に言ってやってよ。リセットしたがってるのはあいつのほうなんだから……」

「言わせてくれ！　本当に君もそう思うなら、俺に言わせてくれないか、君の力で！」

初めて声を荒げた。

職務のためだけでない。ただ、もどかしかった。不遇をバネにする者、言い訳にする者。何《な》故《ぜ》人は二手に分かれてしまうのか。間違った道を選んだ者はもう、引き返せないのか。

勇気持たずして新しい道を歩むことはできない。

背中を押せる者は限られている。

本名は机の向こうの彼女をじっと見つめ返した。

真帆が口を開いたのは、しばらく経《た》ってからだった。

「私ね、本籍は大阪だけど……生まれ育ったのは和歌山なのね」

ぽつりぽつりと語り始めた。

最初は育った田舎《いなか》の町の話だった。

家庭の事情で両親とは暮らせず、引き取られた祖母の家。自然の美しい場所だった。けれど、住んでいた頃は寂《さび》れた田舎町にしか思えなくて、いつかこんな町を出て行ってやるとそればかり考えた少女時代であったこと。そしていざ上京してみれば、華やかな生活に憧《あこが》れるあまり虚《きょ》飾《しょく》を重ねるようになり、今の生活に陥り、田舎にはとうとう顔向けできなくなってしまったこと。

いつの前にか、帰りたくとも帰れない場所になっていた。

祖母が亡くなり、兄から空《あ》き家《や》になっていると知らされたのが半年前。

田舎の家の話をしたら斉田は目を輝かせ、縁側《えんがわ》で寝転がりたいと言って、狭いアパートの部屋の中を転がってはしゃいだという。子供の頃、工場の仕事に忙しい両親が毎年夏休みに数日だけ連れて行ってくれていた祖母の家が、ちょうどそんな家だったと。

真帆は、斉田とその町へ行くつもりだったのだと話した。

そこで二人で新しい生活を始めようと、約束していたと――

取調べは二時間以上に及んだ。

終わったときには、本名の腕の時計は四時を回っていた。

ぼんやりと座ったままの真帆を立ち上がるよう促《うなが》す。もう調書を取っていた塚原も部屋を出ており、隣のマジックミラー越しの小部屋にいる係長たちも出た頃だった。

「島野《しまの》さん」

声をかけると、真帆は傍《かたわ》らに立つ本名をゆらりと仰《あお》いだ。

「それで、刑事さんは恋愛を知ることができたの？」

「え……」

揶揄ったときも突然だったが、今も突然だ。

「今までと違う顔してる。なんか変わったわ」

今度はからかっているのか判らない。徹夜で疲労感いっぱいの声には覇気《はき》がない。けれど、本名が言葉に詰まると、真帆は口元を緩《ゆる》ませて少し笑った。

「おめでとう。刑事さんにも遅い春が来たってことね。ほかの人にも無事に来るといいけど」

「ほかって？」

「言ったでしょう。ほかにも女に興味ない刑事がいるって」

真帆は顎《あご》でしゃくって示した。

小さな取調室の隅にある机のほうを。

どう受け取ったものか本名が当惑していると、さっきまでその椅子を温めていた男がドアを開けて戻ってきた。

「本名さん、係長が待ってます」

憮然《ぶぜん》とした塚原の声に、本名はとりあえず「今行く」とだけ応《こた》えた。


真帆を留置場まで送った後、組対《そたい》五課のフロアに本名は戻った。

もう夜明けも近い時刻だ。毎晩誰かしら泊まり込んでいるのが当たり前の職場だが、さすがにこの時間ともなると仮眠室に移っている。室内には真帆の取調べに立ち会った係長と数人しかいなかった。

なにかするでもなく、デスクチェアに深く凭《もた》れて座っている男に声をかける。

「今日は悪かったな。おまえのおかげで助かった」

真帆の発言も気になったけれど、本名にはとりあえず塚原に言わねばならないことがあった。アパートで助けられた礼だ。あれから洪和会の構成員二人の逮捕と取調べ、そして真帆の取調べまで加わって、まともに礼も言えていない。

「それだけですか?」

チラと目線を向けた塚原は、不機嫌そうな表情を隠しもせずに言う。

「え……」

本名は絶句した。

あのとき、自分を怒鳴りつけた男だ。機嫌が悪いのは判っていた。けれどそれは、手際悪く間抜けにも捕らわれそうになった自分のミスを叱咤《しった》してのことだと考えていた。

「俺、前にも言いましたよね。無茶はしないでくださいって。そう言ったの、一度や二度じゃなかったと思いますけど」

「あ……」

「俺が来なかったら、どうなったか判ってんですか？　べつに俺が来ると信じてたわけでもないんでしょう？　一人でも全然やれるって、俺なんかいなくても同じだと思って、それで単独行動したんですよね？」

塚原の怒りの深さが、震えるような低い声音で伝わってくる。

本名はぎこちなく頭《かぶり》を振った。

「いや……そういうつもりじゃなかった。パチンコ店に確認しに行くだけのつもりだったんだ。おまえにも電話で話しただろう？　あいつらを見つけたのは偶然で……」

「なんで俺を待ってくれなかったんですか。あいつらだって、気になったならどうして電話してくれなかったんですか。判ってますよね？　俺があのアパートに行ったのは、ただの勘ですよ。斉田のアパート、俺が覚えてなかったらあんた……」

「なにかあっても責任は自分で取る！　たとえ命を落としても、それくらいの覚悟はできてる」

ばっさりと言い切る。自分は刑事だ。誰かに責任を押しつける気も、庇護《ひご》される気もない。

出した答えに返ってきたのは、鋭《するど》く机を打つ音だった。塚原は左手で天板を激しく打ちつけ、声を荒げた。

「安いこと言わないでくださいよ。残されたほうはそれで納得して、あんたの自己責任だって、後は笑って過ごせるとでも思ってんですか！」

これには本名もなにも返せなかった。

塚原は間違っていない。間違っていたのは自分のほうだ。

なにか言いたいのに言葉が出ない。そんな自分の沈黙をどう思ったのか。塚原はおもむろに立ち上がると、そのまま大股《おおまた》に部屋を出て行った。

後に残されたのは立ち尽くす本名と、固唾《かたず》を飲んで成り行きを見守っていたフロアの数人だ。

「あいつはおまえが心配なんだよ」

気まずい空気を宥《なだ》めるように、廣永《ひろなが》が近づき声をかけてきた。

「……はい、判ってます」

「あいつは昔っからおまえのことを特別に気に入ってるからな」

「え……？」

続いた言葉は予想の範囲外で、本名は驚く。

「男のお喋《しゃべ》りはみっともないんだがな……まぁいいか。あいつは組対に入ったのだって、おまえがいたからなんだ。本当は捜一《そういち》を狙ってたらしいんだが、おまえが組対行きになったのを知って変えたんだと。人事でいいかげんに放り込まれたおまえと違って、塚原は根回ししてここに来たんだ」

「……それって、どういうことですか？」

「鈍《にぶ》いな。あいつはおまえに憧《あこが》れてんだよ」

「いや、話が見えません。なんであいつが俺を？　なにも好かれるようなことしちゃいませんし、関わり合ってもいません」

廣永は説明しているつもりのようだが、本名はまるで話を飲み込めない。

「昔あいつとは強行犯係時代の事件で一緒になったことがあるんだろう？」

「ええ、まぁ……でも一度だけです」

マスコミにも何度も取り上げられた事件だった。

品川区と文京区、二つの離れた地域で起こった殺人事件。互いの管轄《かんかつ》の警察署に捜査本部が設置され捜査が行われていたが、途中から連続殺人であることが判明し、二つの所轄署と警視庁捜査一課の合同捜査になった。

塚原はそのとき品川西署にいた。本名は富坂《とみさか》北署の強行犯係に入って数年経《た》っていたが、塚原のほうはまだ入ったばかりのようだった。

合同捜査といっても、報告を行い、随時《ずいじ》情報を交換し合うというだけだ。異なる所轄の塚原とは行動を共にすることは一切なかった。

それなのに、どこで自分を気に入ったというのか。

「係長、一体どういう……」

さらなる説明を求めようとしたところ、廣永は困ったように苦笑して言った。

「俺もあいつの気持ちまではわからんよ。もっと知りたいなら本人に訊《き》け」


荷物がそのまま残されていたのもあるけれど、本名は塚原がまだ帰ってはおらず、庁内のどこかにいるだろうと探し回った。

休憩所や喫煙所《きつえんじょ》、いくつかの時間をつぶせそうな場所を見て回り、思い当たって乗ったエレベーターで向かった先は屋上だった。

表へ出るとまだ暗い街の上空を抜ける風が頬を撫《な》で、見渡せば手摺《てすり》の近くに白いワイシャツ姿の人影があった。

本名は近づき、躊躇《ためら》いがちに声をかける。

「塚原」

吸っていた煙草を口から離した男は、振り返ると無言で見つめ返してきて、本名は視線を逸《そ》らしたくなった。

いつものように見据《みす》えることができない。塚原を前に、眼差しは落ち着きなく揺らいでしまう。

「えっと……さっきは悪かったよ。今度から、気をつける。無理はしない、絶対に」

たどたどしい詫《わ》びだ。まるで小学生が母親に謝ってでもいるみたいだったけれど、これが本名の精一杯の気持ちだった。

「係長にでも叱られたんですか？」

「え？」

「本名さん、いつも係長の言うことなら大人しく聞きますからね」

「ちがっ…違う、係長は関係ない。おまえが正しいと思ったからだ」

薄暗い屋上に赤い光がぽつんと点《とも》る。煙の風に流れる吸い差しを、塚原は口に運んで一息吸った。

その目が『どうだか』とまだ疑っているのがありありと判り、もどかしい。

「係長からおまえのことなら聞いた。昔、事件で一緒になったのが、おまえが七係に来たのに関係してるって」

「……あのオヤジ、なんで余計なこと言うかな」

「本当に関係あんのか？　一緒になったっていったって、大して会話もしてないじゃないか。おまえと俺は班分けも別だったし」

「ふうん、ちゃんと覚えているんですね。俺が組対に来ても全然そんな素振《そぶ》りなかったから、てっきり忘れてるんだと思ってました」

あの合同捜査の本部は八十人近い大所帯《おおじょたい》だった。確かに忘れていてもおかしくないが、本名の記憶には残っている。

「あのとき……本名さん、俺に犯人に繋《つな》がる重要なネタをくれたんですよね」

「ネタ？　ああ……」

「そう、不審者に上《のぼ》った男の情報をくれたでしょ」

塚原と自分は、どちらも地取《じど》り捜査に回っていた。地取りとは現場周辺を地図で区分けし、分担してシラミ潰《つぶ》しに聞き込みをすることだ。

そんな中、本名は文京区の現場近くに住んでいた不審な男が、ちょうど事件に合わせたかのように品川の二つ目の殺人現場近くに越しているのを知った。引っ越しと言っても男は住所不定で、知人宅を転々としており、易々《やすやす》と手に入れた情報ではない。

地取りは単純作業だが根気がいる。地図上の建物を当たるだけといっても、不在なんて当たり前だし、居留守を使う家もある。それでも、『もしかすると、今逃した家がなにか知っていたかもしれない』という僅《わず》かな期待で何度も通う。

そうやって手にした情報を、本名は塚原に伝えた。

「どういう人なのかなって思いましたよ。結局それがきっかけで、俺は検挙《けんきょ》にこぎ着けたんですからね」

短くなった煙草を携帯灰皿で揉《も》み消《け》しながら、塚原は伏し目がちに言う。

「べつにおまえに手柄を譲《ゆず》ろうと思ったわけじゃない。まだあくまで不審者の段階だったし、俺はただ引っ越し先を教えただけだ。そっちは俺の担当区域じゃなかったからな」

「でも、掴んだネタを明かさずに出し抜く人はいますよ。俺はそうやって上に上がって行く人を何人も見ていました。俺もその背中を見て学んで、似たようなことを少なからずやったし……でなきゃ、たぶんここにいません」

手摺に身を預け、塚原は夜空を見上げた。

少しだけ地上より高い場所。警視庁で刑事になりたがっている者は大勢いる。

「ただね、そういうやり方してると、仕事も自分も嫌になってくるんですよ。組織捜査なんて名ばかりで、被害者の無念を晴らすはずの刑事が犯人の右手と左手……右足と左足まで取り合って、引っ張り合ってるような気分になって。俺はなんのために刑事になりたかったんだろうって思ったりね。なにしろ張り込み中なんて暇だから、いくらでも綺麗事の精神論が頭に浮かんじゃうわけですよ」

「塚原……」

「そんなときだった。あなたが声かけてくれたの。なんか普通に情報くれちゃって、なんだこの人って」

見つめ返された本名は苦笑した。

「惜《お》しいことしたなって後で思ったよ。でもしょうがないだろ？　自分の担当じゃなかったんだから。地取りは絶対だ、無視できない。それだけだ」

「けど、どうにか掻《か》い潜《くぐ》ろうとする奴だって……」

「俺だって嫌なとこ見てきたからさ。出し抜いたはいいが、人間関係は針の莚《むしろ》なんてよくあることだ。ああはなりたくない。指示待ちのご機嫌取りになる気もないけどな」

照れ隠しのつもりはなかったけれど、思わず毒を吐いて笑った。

塚原が自分に好意を持ってくれていたのは本当だった。

信じるからこそ、戸惑いも残る。

「塚原、悪かったな。前におまえが飲みに行こうって誘ってくれたとき、断ってしまって」

唐突に告げると、塚原は動きを止めた。

一瞬身を強張《こわば》らせてから、動揺を隠しきれない様子で声を上擦《うわず》らせる。

「なっ…なんで急に今その話なんですか」

「いや、係長に話聞かされて思い出したからさ。こないだも、それで俺を誘ったのか？」

「こないだ…って？」

「ゲイバーだよ。佐次田《さじた》が行けなくなったってのは嘘だろう？　誤魔化《ごまか》しても無駄だ、あいつには確認取れてるからな」

おかげで、しばらく佐次田に給湯室で文句を言われる羽目《はめ》になった。

「すみません」

塚原は殊勝《しゅしょう》に詫びてくる。

でも自分は頭を下げさせたいわけじゃない。

「すみませんじゃなくって、俺が聞きたいのはべつのことなんだけどな。さっき島野真帆が言ってた。俺のほかにも女に興味のない刑事がいるって、それは表向き七係一の女好き気取ってる……おまえだって」

言い訳はさせまいと、シャツの胸元近くに指を突きつけた。呻《うめ》き出《だ》しそうな表情を塚原は見せ、溜め息を漏《も》らす。

「あの女……侮《あなど》れないな。ほとんど俺は話もしてないってのに」

風俗嬢《ふうぞくじょう》の勘か。伊達《だて》に男を知っているわけじゃない。

「なぁ、おまえの俺への好意は先輩としてか？　それとも男として、一人の人間として、特別な相手として好意を持ってんのか？」

「……ずるいですよ。それ、俺の言葉の丸パクじゃないですか」

「おまえが先に騙《だま》して、捜査利用してゲイバーなんて連れて行くからだ」

弱り切っている男を、追及の手を緩《ゆる》めず叩く。こうなったら絶対落として自供《じきょう》させてやると本名は意気込《いきご》んだ。

これが判らないと、自分は前に進めない。

「チャンスだと思ったんです。斉田の幼馴染《おさななじ》みがゲイバーやってるって聞いて、これは本名さんもゲイかどうか確かめる絶好の機会だってね」

「ずっと疑ってたのか⁉」

「そうですよ。係長のこともですけど、ヘテロの匂いがまるでないから、いろいろ試しかけてみたりね。女の好みとか、好きな仕草とか……」

張り込みの車の中での会話。くだらない質問をすると思ったが、何気に振られた話にそんな罠《わな》が仕掛けられていようとはだ。

だいたい自分はゲイのくせして、女のシャツがどうとか——

「あっ、そういえばおまえ、あの朝のパジャマ……ズボンがなかったのはなんだったんだ？まさか、用意し忘れたんじゃないのか⁉」

こうなってくるとすべてが怪しい。

あっさり肯定して塚原はニヤと笑った。

「おかげでいいもの見れました。グラグラきましたよ」

「こっ、このヘンタイ……」

悪《あ》しざまに詰《なじ》るつもりが、不意打ちでスーツの上着を摑まれ、ぐっと引き寄せられた。

急に近づいた整った精悍《せいかん》な顔に、本名は言葉を飲んでしまう。体はもう風も通らないほどすぐ傍《そば》にある。

「俺がヘンタイでゲイだと許せませんか？　あの晩、体だけでも手に入ったら嬉しいと思った。でも、やっぱり後悔した。少し手に入ったら、もっと欲しくなってしまって……本名さんが俺の前で係長の名前出すのも、話をしてるとこ見るのも前より苦しくなった」

よく知る顔なのに、まるで知らない顔みたいだ。

――いや、あの晩見た。

自分を欲した男の眼差《まなざ》し。黒い眸《ひとみ》は夜の空みたいに深くて、冷たそうな色をしているのに、確かな熱をその表情から感じた。

「あなたが好きです」

塚原の放ったシンプルな言葉が、胸を打つ。

本名は『ああ』と思った。

ああ、これでやっと、自分も前に出られる。

軽く男のワイシャツの肩に手を置くと、仰いだ顔を少し伸び上がらせてキスをした。重ねた唇は温かい。一瞬で硬直した塚原がおかしくて、ちょっとだけ笑んだ。

「俺もおまえを好きなんだと思う」

「本名さん……」

「係長は尊敬してるけど、そんなんじゃない。最近はずっとおまえのことばかり考えてた。斉田と島野真帆以外のことではな」

「でも……」

こんなときだけ慎重な男だ。疑り深く否定されそうになり、本名はスーツの上着ポケットからキャメルの携帯灰皿を翳《かざ》して見せた。

「だいたい俺が危ない目にあったのはおまえのせいだ」

「……は？」

「おまえがこんなもの寄こすから……揉《も》み合《あ》ってるときに落としちまってさ。咄嗟《とっさ》に気を取られたんだよ。こんなの、ただのパチンコの景品なのにな。俺にとってはおまえがくれたってだけで、彼女のブレスレットと同じくらいの……」

あの瞬間、気づかされた。

自分も真帆と同じなのかもしれないと。

彼女と同じように、誰かを想って——

言いかけた言葉は、押しつけられた唇に奪われた。

「つか…っ……」

本名のしたキスの比ではない。ぎゅっと重ねた唇を強く押し潰《つぶ》される。何度も、何度も。一つにくっついてしまわないのがもどかしいみたいに押しつけられ、伸ばされた熱い舌先が薄く開いたあわいを抉《こ》じ開《あ》ける。

「……ん…ぅっ」

勢いに驚いて身を引こうとしたら、きつく掻《か》き抱《いだ》かれた。腕に囚《とら》われ、身動きできないまま厚ぼったい舌を飲まされる。

中で暴れ回るみたいに蠢《うごめ》くものを上手《うま》く受け止めきれずに、本名は幾度《いくど》かくぐもる声を上げた。

回した手で背を叩く。息苦しさを訴《うった》えると、ようやく少しだけ抱擁《ほうよう》は緩《ゆる》んだ。

それからは口づけも互いの反応を窺《うかが》い、探り合うようなものになった。薄い舌をやんわりからめとられ、擦《こす》り合《あ》わせて刺激された本名はびくびくと身を震わせた。

思いのほか長い舌は、口腔《こうこう》の奥深くまで伸びてくる。舌の根元や、ざらついた顎《あご》の裏っかわまでしつこく舐《な》め尽《つ》くされ、もうこれってキスじゃなくてセックスしているみたいだと思ったら、余計に感じてしまい膝《ひざ》までガクガクになった。

「……つか、はら」

ぎゅっとシャツの背を摑んだ。

キスごときで自分がこうまで翻弄《ほんろう》されるなんて嘘みたいだ。

名残惜《なごりお》しそうに舌を抜き取った男は、唾液《だえき》にまみれた本名の唇に、まだ放したくないとばかりに自分の湿《しめ》ったそれを擦《す》り寄《よ》せる。

「あなたが……ずっと気になって気になって仕方なかった」

額《ひたい》を押し合わされ、否応《いやおう》なしにその目を覗《のぞ》き返す。

「塚原……」

「同じ係で働けるようになって嬉しかったけど、俺には興味ない……っていうか、嫌われてるって気づいて落ち込んだな」

「おまえは……判りづらいんだよ」

「刑事なのに鈍《にぶ》いんですね」

「全然、そんな……素振《そぶ》り見せなかったくせに……おまえ、散々《さんざん》生意気な態度取ってたじゃないか」

「だってあなた、媚《こ》びてどうにかなる人じゃないですもん」

塚原はほんの少し苦笑いし、本名の体を抱き直した。

どのくらいそうしていただろうか。緩く髪を揺らす風だけでなく光を感じると思ったら、男の肩越しに東の空が赤くなって来ているのが見えた。

もう、すぐにも夜明けがくる。

どちらからともなく膝を折り、ずるずるとその場に座り込んだ。硬いコンクリートは冷たかったけれど、抱き寄せる男の体が温かいから、本名はそのまま身を預けていた。

肩の辺りに頭を寄せ、重みを任せてしまえばこのまま眠れそうなほど心地いい。

長い指が髪を梳《す》くように撫でる。

「……抱きたいな。セックスしたい」

身も蓋《ふた》もない呟きに、本名は微《かす》かに笑って応《こた》えた。

「うん……そうだな。でも今は疲れた」

したくないと言ったら嘘になる。

長いキスで体は熱を帯《お》びていて、それは塚原だってきっとそうだ。けれど、夜通し様々な出来事に遭遇させられた体は重く、この安らいだ時間も手放したくはない。

もちろん庁舎の屋上であることも、忘れてはいなかった。内規《ないき》に庁舎内での淫行《いんこう》は禁止なんて、書いてあったかどうか覚えがないけれど——

「刑事って、人生ままなりませんね。好きな人も満足に抱けないなんて」

心を読み取ったみたいなことを、塚原はぼやく。

「そう悲観《ひかん》するほどでもないだろ。こうして夜通し顔突き合わせて、一緒に朝日まで拝《おが》めるなんてな」

「朝日？」

「そう、ほら日が昇ってきた」

本名はそう言って男の肩に顎《あご》を乗せ、眩《まぶ》しげに眼を細めた。

朝焼けの空。

ビルの谷間から昇りゆく太陽が、今日も街を照らし始めたところだった。

「あの女、大丈夫ですかね。本当に信じていいんでしょうか?」

両手にコーヒーのカップホルダーを手にした佐次田が、フロアの島に戻りながら言ったのは、昼下がりだった。

真帆の件で泊まり込みになった者も多く、一夜明けた七係の面々は眠たげな顔が目立つ。本名もその一人で、結局帰宅せずじまいだった。

午前中二時間ばかり仮眠を取っただけだから、さっきから欠伸《あくび》を噛《か》み殺《ころ》すのが仕事のようになってきている。窓から差し込む午後の光が目に痛い。

真帆は検察の取調べを受けているところだ。

恐らく不起訴《ふきそ》になり、このまま釈放《しゃくほう》が決まるだろう。もちろん事件は解決ではなく、ここからだ。これから、斉田の確保に向けての包囲網《ほういもう》が張られる。

斉田が真帆に会いに来るのを信じて。

「ほかにあてもないんだから、彼女を信じるしかないだろ。斉田は来るさ、絶対」

佐次田が手にしたカップの一つを、塚原が立ち上がって受け取りながら言った。コーヒーを頼んでいたらしい。

自分も頼んでおけばよかったと本名は思いつつ、ノートパソコンの画面に向かって重い目蓋を抉じ開け、口を挟んだ。

「島野真帆はもう大丈夫だ。捜査にきっと協力してくれる。斉田も来る」

自分の背中を押すように言い切る。

自信はあるが、不安の有無《うむ》はまた別だ。斉田をこの目でもう一度捉《とら》え、確保するまで油断はできない。

「なんか……気持ち悪いっすね。なんで二人意気投合《とうごう》してるんすか」

机に戻りながら、佐次田は不思議そうに返した。度々つまらないことで小競《こぜ》り合《あ》いを繰り広げているせいで、意見が合うなんて気味が悪いらしい。

「なんだサジ、本名さんと俺の気が合っちゃ悪いか……」

本名はしらっとした顔で無視したが、塚原がムキになったように反応し、その声は係長によって遮《さえぎ》られた。

「よし、和歌山県警と連携《れんけい》取れたぞ！　捜査に協力してくれることになった。こちらからも数名派遣《はけん》する」

声を張り上げながら揚々《ようよう》と入ってきた廣永は、朝から県警への協力要請《ようせい》に時間を費《つい》やしていた。

都内での斉田の動きも無視できないが、真帆の打ち明けてくれた和歌山の町も重点的に張らねばならない。

本名は、そこに斉田は現われると確信していた。

二人にとっては約束の場所に等しい。

通りすがりに廣永に背を叩かれる。

「本名、おまえ、もちろん行くだろう？」

「はい、行かせてください」

迷わず応えた。

眠気は一瞬で飛んだ。

「塚原、おまえもついでに行くか？」

「係長、ついでってなんすか。俺も斉田を逃がした責任感じてますからね。リベンジさせてくださいよ」

判っていながらからかったのだろう。ははっと廣永は笑い、デスクへ戻っていく。

「またしばらく張り込みが続くなぁ。おまえら仲良くやってくれよ？　県警に迷惑かけて、白髪《しらが》がこれ以上増えるのは嫌だからな」

気にしていないのかと思っていたが、増えゆく一方の白髪についてては廣永も憂《うれ》えていたらしい。

ちょっと笑ってしまいそうになるのを堪《こら》えて画面に向かっていると、傍《かたわ》らに人の気配を感じた。

「なんだ?」

歩み寄ってきた塚原を仰ぎ見る。

「いや……なんでしょう。そうだ、泊まりの出張なんて久しぶりですね」

なんとも歯切れの悪い物言いだ。訝《いぶか》しみつつも、反論することでもないので同意する。

「……まぁそうだな」

「家に帰ったら、すぐ荷物纏《まと》めないと」

「おまえはシャツの替え忘れんなよ。昨日や一昨日《おととい》のシャツ着てるような奴と車に籠《こも》りたくないからな」

「了解です。それはそうと、本名さん」

「……ん?」

もう知らん顔でパソコンに意識を戻していた本名は、視界の端に入り込んできた手に気づいた。コーヒーのカップを勝手に人の机に置いたかと思うと、長身の身を屈《かが》ませた男は耳元に囁きかけるように言った。

「職場恋愛も上手くいけばいいもんですね」

「……は?」

こっそり耳打ちされて呆然となる。

なにをわざわざ告げに来たのかと思えば、だった。昨日の……いや、今朝の一件ですっかり色ボケ、後輩は恋愛にうつつを抜かしてしまったらしい。泊まりの出張に浮かれているといったところか。

「はぁっ!?」

本名は奇声じみた声を上げてしまい、周囲が注目する。係長が注意した傍から小競り合いかと冷ややかな眼差しだ。

「なに言ってんだ、おまえ。血迷ってんじゃねぇぞ。俺はまだおまえと……その、なんだ、仲良くすると決めたわけじゃない」

交際、と言いかけて言葉を濁《にご》す。

「えっ、なんすかそれ。この期《ご》に及んでなに言ってんですか」

「おまえは胡散臭《うさんくさ》いんだよ。まだ俺になにか隠してることあるんじゃないのか」

「ちょっとっ、犯罪者の気持ちを信じといて、俺は信用できないって酷《ひど》過ぎでしょ。せっかくこれから張り込みも楽しくなるかもしれないってのに。あ、ほら三時間が三分に感じるようになるかもしれませんよ?」

たまたま左右の机の者は出払っているのをいいことに、声をロクに潜《ひそ》めもせずに塚原は調子づく。

「なるか、バカ」

「本名さんっ、俺を信じてくださいって……」

パソコン作業に戻る本名を、塚原は遮ろうと身を乗り出し、そこで言葉は途切れた。

「……あ」

その瞬間、二人は同時に声を上げた。

本名の机の端。縁から僅か一センチの場所に無造作《むぞうさ》に置かれたカップホルダーが、興奮気味に迫《せま》る男の手に当たってゆらりと傾《かし》いだ。

軽いカップはそのまま重力に任せ、床へと落ちて行く。グレーのタイルカーペットにコーヒーは盛大《せいだい》に零《こぼ》れ広《ひろ》がり、飛沫《しぶき》は本名の足元まで飛んできた。

惨状《さんじょう》に、本名は塚原としっかり目を合わせる。

気まずい沈黙。威勢《いせい》のよかった男は言葉を失い、落ち着きなく目線を泳がせた。

「塚原、俺に言いたいことがあるんだろう？　なんだよ、続けろよ」

「あー、いやいいです。また今度にしておきます」

「さっさと言えって、俺も気が変わってきた。やっぱりおまえと仲良くするのもいいかもな」

「えっ？」

どう見ても絆《ほだ》される状況ではないにもかかわらず飛び出した一言に、塚原は虚《きょ》を突《つ》かれた顔になる。

指先をチョイチョイと動かし、本名がもっと顔を寄せるように示すと、現金にも耳を近づけてきた。

「だって楽しそうだろ。おまえと付き合って、俺は好きなだけ小言が言いたい」

囁きに塚原がどんな表情をしたのか判らない。

目にしたのは、カーペットの始末をつけに肩を落として部屋を出て行く後ろ姿だ。本名は少し嫌みが過ぎたかと思いつつも、その背を見つめて笑っていた。

今度は自分から飲みに誘ってやるのも悪くないなと、そう思った。

キスさえできない仕事なんです

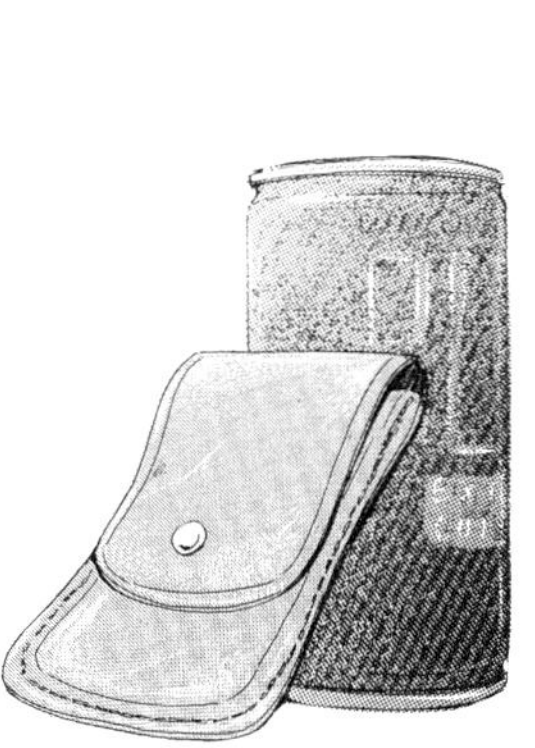

「さっき買ったコーヒーですよ？」

車のカップホルダーに運転席から手を伸ばした男は、助手席の本名《ほんな》の目線に気がつくと不本意そうな顔をして言った。

「べつになにも言ってない」

「そうですか？　本名さんが今にも小言を始めそうな顔してるからてっきり」

「おまえがいつも黙ってられないようなことするからだろうが。一昨日《おととい》だってコーヒー床にぶちまけて、俺が言ったとおりになったしな。『急がば回れ』って言葉もあるだろ。ちょっと慎重に行動していれば、余計な片づけもしなくてすんだってのに……」

『藪蛇《やぶへび》』という言葉もあるとおり、至らぬ発言で結局叱咤《しった》される羽目《はめ》になった塚原《つかはら》は、渋っ面《しぶつら》で缶コーヒーに口をつける。

車は停車中で、場所は高速道路のサービスエリアだった。

フロントガラス越しに見える駐車場には、赤い軽自動車が停まっている。島野真帆《しまのまほ》の車だ。斉田《さいた》と向かう予定だったという、今は空き家《あきや》の和歌山《わかやま》の祖母の家。釈放《しゃくほう》になってすぐに荷物をまとめた真帆は、警察への協力を約束して出発し、組対《そたい》五課七係からは予定どおり本名と塚原が出向くことになった。

真帆が少女時代を過ごしたその家は、温泉地で有名な白浜《しらはま》から十キロほど離れた海沿いの田舎町《いなか》にある。和歌山までは東京から車で約八時間あまり。さらに高速道路を下りてからの移動や休憩時間を考えると、十時間近い長旅だ。

「なかなか戻ってきませんね」

小言から気を逸《そ》らそうとでもいうように、塚原が言った。

アヒルのレナルドのぬいぐるみがお決まりの笑顔で窓際に並んだ赤い車は、ずっと無人だ。真帆はすぐ近くのトイレに入ったまま、まだ戻る気配はない。

本名は観光バスの団体客がぞろぞろと出てきた出入り口を見据《みす》えて応《こた》える。

「女のトイレは長いんだよ」

「へぇ、女性のことも少しはわかってるじゃないですか」

「張り込みで待たせられ慣れてるからな」

暴力団相手の組織犯罪対策という仕事柄、張り込む相手は男が多いが、女も皆無《かいむ》ではない。

「それにしてもちょっと遅くないですか？　俺、見てきましょうか？」

塚原はやや不安げな声を発した。

真帆はもう被疑者《ひぎしゃ》ではない。今は斉田の更生《こうせい》を望み、捜査に協力すると言ってくれた彼女を本名は信じていた。塚原も同じはずだが、警察の手の及ばないところですでに斉田が彼女にコンタクトをとっていたとしたら、和歌山に到着する前に接触して来ないとも限らない。

「そうだな、俺も一緒に……」

ドアに手をかけようとしたところで真帆が出てきた。

ピンクのニットに脚線美《きゃくせんび》を強調したスキニーの柄パンツ。まるでこれからリゾート地にでも向かうような大きなサングラスといい、到底《とうてい》警察の目をくらまして逃げようとしている姿とは思えない。サングラスの向こうの目がこちらに向いたかどうかは判《わか》らないが、傍《そば》の自販機で飲み物を購入した真帆は、真《ま》っ直《す》ぐに車に戻ってきた。

車は再び走り始め、塚原の運転するシルバーのセダンも順調に後を追う。信号や交差点に分断される一般道と違い、高速道路の追尾《ついび》は楽だ。

十月ももう中旬だ。午後の日差しは秋とは思えない眩《まばゆ》さで、どこまでも続く道を照らす。街の喧騒《けんそう》を離れ、こうして車で走り続けていると、ドライブにでも出ているような気分になる。

「おまえもいるか？」

眠気覚ましに粒《つぶ》タイプのガムを取り出して口に放り込んだ本名は、眩そうに目を細めて運転している塚原にも声をかけた。

「口に入れてもらえますか」

「ああ」

ハンドルから手を離せないのだろうと深く考えずに差し出し、男の口元に水色のガムを押しつけた本名は、ぱくりと指ごと咥《くわ》えられて『げっ』となった。不意の唇の感触に、心臓が飛び跳ねる。

「すみません、車が揺れるんで」

「……絶対わざとだろ」

「いいじゃないですか。ずっと運転してるんですから、ちょっとぐらい役得《やくとく》くださいよ」

──なんの役得だ。

突っ込みたいのは山々だったが、対応しきれない反応が返ってきそうで、本名は喉《のど》から出かかった言葉を不機嫌顔でガムを噛《か》むことで飲み込む。

隣の男との関係に、『恋人』という名称が加わってまだ二日である。

二日じゃ当然なにも変わりようがない。キスはしたけどセックスはしていないし、デートもまだだ。というか、想像しただけで『コイツとデートをするのか?』と戸惑う。さすがに男同士で水族館や遊園地で手を繋《つな》いでキャッキャとはしゃぐような真似はしないだろうが、塚原の考えていることはよく判らない。

職場の同僚で、ただの先輩後輩で、気の合う友人ですらなかった。どちらかといえば不仲で、会話は今も大して変わっていないと思うけれど、じゃあ以前とまったく同じかといえば違う。

本名は塚原の動向が妙に気になった。缶コーヒーに伸ばした手を、ついじっと見てしまったのもそのせいだ。

こんな指の長い手をしていただろうか。

こんな声で、自分に話しかけていただろうか。

いつも車でどんな会話をしていたんだっけ──

塚原が一方的に喋《しゃべ》り、自分は面倒臭《めんどうくさ》そうに聞いているのが常だった。張り込みで何時間も狭《せま》い車内で顔を突き合わせれば、ただじっと互いに無言で過ごすことも少なくない。

なのに今はちょっとした間でもそわそわする。見た目だけはいつもどおりの仏頂面《ぶっちょうづら》で面目《めんぼく》を保っているけれど、こうしている間も尻の据《す》わりが悪くて困る。ただでさえ変に意識する自分がいるというのに、指先に残った柔らかな唇の感触は、二日前に自《みずか》らの唇で触れた瞬間を思い起こさせた。

隣を見ようものなら、今度は唇に視線が釘《くぎ》づけになりそうだ。

そんな当惑しきった状態を知ってか知らずか、塚原はのん気な声で言う。

「本名さん、なんかこうしてるとドライブデートって感じですね」

「……バカ言うな、ただの移動だ」

「色気ないなぁ。着いたら張り込み一色の毎日なんですから、今ぐらい夢見させてくださいよ。あっ、そうだ、本名さんの男の好きな仕草ってどんなのありますか？」

からかっているのか。

以前の張り込みの車内での会話をなぞって言う男の横顔を、本名は据わった目で見る。

「おまえなぁ、これは仕事なんだ。遊びじゃない。言っとくが、斉田を捕まえるまでは余計なことはなしだ。おまえとどうこうするつもりはない」

「なんすか、それ。恋愛禁止ですか？　どっかのアイドルじゃないんだから……」

「警官はアイドルより厳しくて当たり前だ」

至極《しごく》大真面目で放った言葉に、ハンドルを握る塚原は一瞬沈黙した。

「本名さんがなんで女に縁がないのか判った気がしますよ」

「どういう意味だ？」

「いや、いいんですけどね。おかげで俺の席が空《あ》いてくれてたわけですから、滑《すべ》り込《こ》めてラッキーです」

まったく返答になっていない言葉に、本名は首を捻《ひね》りたい気分だ。

「しかし、和歌山に自分が行く日が来るとは思ってもいませんでしたね。初めてです」

「まぁ関西って言ったら、普通行くのは大阪、京都辺りだもんな」

「親戚もいませんし、出身者に出会ったことすらない気がするんですよね。本名さんは誰かいますか？」

「親戚はいないけど……」

本名も塚原と同じく、行くのは初めてだ。数年前までは頭の片隅に浮かべることもなく、けれど今は和歌山と聞いて思い出す人物がいた。

「所轄《しょかつ》時代の同僚がいるよ」

「へぇ、富坂北署《とみさかきたしょ》ですか？」

「ああ、同じ強行犯《きょうこうはん》係だったんだけど、今は和歌山県警にいる。でも本部勤務だそうだから、会うことはないだろうな」

県警本部は和歌山市内にある。向かっているにしべ町とはかなりの距離で、せっかくの機会に足を伸ばそうにも、今回はそれどころではない。

斉田を和歌山で確保するために与えられた時間は、二週間足らずだった。


日も暮れようという時刻。早朝に出発した車は目的地に到着した。

真帆が、空家《あきや》を管理する親戚宅に挨拶《あいさつ》がてら一晩泊まるというので、塚原だけが車で後を追い、本名は一足先に世話になる管轄《かんかつ》の警察署へ出向いた。

三階建ての庁舎《ちょうしゃ》は、中に入ると和歌山県警察のマスコットキャラクター、白い犬のキシュウくんのぬいぐるみが入り口カウンターで出迎える。女性警官に案内されて二階に上がると、やけに愛想《あいそ》のいい生活安全刑事課長が待っていた。

「いやぁ、捜査内容を聞いてびっくりですよ。シャブ二キロ、末端《まったん》価格で一億以上なんて、うちみたいな小さな署では押収《おうしゅう》したこともありゃしませんからねぇ」

みな出払っているのだろう。デスクばかりが目立つフロアに人気《ひとけ》は少なかった。端にある古めかしい応接セットの黒いソファを勧《すす》めた男は、恰幅《かっぷく》のいい腹でベルトを弛《ゆる》ませながら、自身もどっかりと向かいに腰を下ろす。

「さらに同じ量を持ち出した男が逃走中とは、さすが東京はスケールが違いますなぁ！」

「はぁ……まぁしかし、スケールは小さいに越したことはありませんから。こちらで違法薬物が出回っていないならなによりです」

どう反応したものか戸惑いつつ本名が返せば、思いがけない言葉が飛んできた。

「まぁ、あれなんですよ。そういうわけで、うちじゃとても手に負《お》えそうもなくてですね」

「え？」

「捜査協力はもちろんさせてもらうつもりですが、にしべ町の交番は人手もかつかつで。うちから出せるのはせいぜい一人か二人……」

まぁ、ここは組織犯罪対策部の設置《せっち》どころか、刑事課と生活安全課すら一纏《ひとまと》めになっている小規模の警察署であるから、確かに張り込みに付き合う余裕はないかもしれない。

「あの、人手が足りないようでしたら無理にとは言いません。二人でなんとか交代で対応しますから」

「いやいや、それが正直どうしたものか困ってましたら、急に本部からも応援出すっていうじゃないですか」

「県警本部から？」

この警察署に応援要請《ようせい》を取り次いでくれたのは和歌山県警察本部のはずだが、実際に人員まで割《さ》いてくれるとは聞いていなかった。

「ええ、今朝方連絡があって、あなた方と同じで、しばらくこっちに滞在するそうです。もう到着する時間だと思うんですが……ああ、来たようですな」

目線を追って振り返ると、先ほど自分も案内してくれた女性警官が、開け放たれた戸口のほうから近づいてくるところだった。後に続くのはライトグレーのスーツの男だ。

見覚えのあるすらりとした体つきの背の高い男だった。

「皆川《みながわ》さん……」

本名は驚いてソファから腰を浮かせた。

向かいで課長が怪訝《けげん》な表情を見せる。

「なんだ、知り合いですか？」


皆川凌一《りょういち》は、所轄の強行犯係時代の本名の同僚だった。

偶然にも県警本部で組織対策犯罪課に所属しているのは知っていたが、まさかこんなところで再会するとはだ。

年齢は本名よりも三つほど年上で、今はおそらく三十五歳になる。

いわば本名と塚原の間柄と同じく先輩後輩だ。住んでいたのが警察署近くの同じアパートだったこともあり、同僚だった頃はそこそこ親しくしていたものの、皆川が和歌山に移ってからは連絡はぱったり途絶《とだ》え、何度か近況のメールを交わしたに留《とど》まっていた。

会うのは実に四年ぶりである。

しかし、顔も性格も知った相手となら仕事もやりやすい。

助《すけ》っ人《と》となる捜査員が揃《そろ》ったところで、本名は捜査状況を説明した。斉田が現れることを確信しているとはいえ、なにか確証があるわけではない。半月の期限つきで係長の廣永《ひろなが》からは協力要請が出されていた。

二週間。張り込みでじっと待ち続けるには長くとも、現実にはあっという間に過ぎる期間だ。

斉田は真帆の釈放に気づいているだろうか。

携帯電話への着信もなく、都内での目撃情報も途絶えている。

血眼《ちまなこ》になって探している洪和会《こうわかい》の動きも気になった。先に組に捕まれば、斉田は間違いなく消されるだろう。行く先はどこかの山中か、東京湾だ。

「……そうならないといいけどな」

真帆が警察に協力する気になったのは、そのためでもあるのだ。

斉田が真帆に対してそうしたように。

愛《いと》しいものを守るため——

ほっと小さく息をついた本名は背後の壁に背中を預けた。抜け出した庁舎の裏口は誰も出入りする気配はなく、煙草を吸うには打ってつけだ。

秋の日は短い。西の空にもう太陽の姿はなかった。駐車場に停まった数台の車を夕日の名残《なごり》が淡く照らし、急に冷たくなってきた気のする風が前髪をさらりと揺らす。

俯《うつむ》き加減に煙草に火を点《つ》け、至福《しふく》のひと時を過ごす本名は、スーツの右ポケットから携帯灰皿を取り出した。

小銭《こぜに》入《い》れのようなキャメルの革張りの携帯灰皿は、塚原からパチンコの景品でもらったものだ。

スナップを何度か開けたり閉めたり。結局はただ酒の肴《さかな》のように眺めるだけで、その場にしゃがみ込んだ本名は、煙草の灰を、足元に置いた空《から》にしたばかりのコーヒー缶に落とす。

これをきっかけに真帆の言葉の真意が判り、自分の塚原への想いにも気づいた。

たかがパチンコ店の景品の携帯灰皿、されど——いろいろあったせいか、脳が灰皿ではないとすっかり誤認《ごにん》してしまったようで、本名は未《いま》だ使わずにスーツのポケットに忍ばせている。

まるでお守りかなにかのようだ。

「面白いことやってんなぁ！」

不意に頭上から響いた声に、本名ははっとなって顔を上げる。立ち上る煙の先に映るのは、非常階段の踊り場で手摺《てすり》に腕を投げかけて見下ろす皆川の姿だ。

いつからそこにいたのか。見られていたとはまったく気がついていなかった。

「しょうがないでしょ！　今やどこも警察署は禁煙ですからね」

立ち上がって、やや声を張り気味に言い返せば、皆川はこちらを指した。

「そうじゃなくて、おまえの右手にあるのはなんだ？　灰を落とすもんじゃねぇのか？」

「ま、まだ新しいから使ってないだけですよ」

言い訳に納得したのか否《いな》か。「ふうん」とだけ返した男は、コンクリートの階段を軽やかに駆け下り、さり気なくスーツの上着ポケットに灰皿をしまう本名のほうへと近づいてくる。

「映視《えいし》、おまんほんまに久しぶりやのぉ、生きちゃーったか？」

テンション高く声かけられ、思わず呆《あき》れ返《かえ》った表情になった。

「……なんですか、その取ってつけたような和歌山弁は」

「俺もすっかりこっちの人間よ。まぁ生粋《きっすい》の県民には負けるけどな。四年住んでもジジババの方言はなに言ってんのか理解に苦しむ」

殊更《ことさら》軽く明るく調子のいい性格で、ときに口も悪いけれど、皆川は老人や弱者に優しい博愛主義者だ。昔は班内でもムードメーカー的存在だった。笑うとやや眦《まなじり》の下がる優しげな顔も変わっていない。

「まさかこんなところで一緒になるなんて、奇遇ですね」

「奇遇かぁ……まぁそうだな、もう四年も経《た》つんだもんな。あっという間だ。薄情なおまえは本部に異動になってから、ちっとも連絡も寄越《よこ》さねぇし？」

「俺のせいですか？　皆川さんだって、ご無沙汰《ぶさた》だったじゃないですか」

なにしろ恋人もできなくて当たり前と思い込んでしまうような職場環境で、日本全国どこで職務に就《つ》こうと刑事となれば忙しい。皆川からも連絡は途絶《とだ》えており、自分だけのせいにされるのは心外だった。

「そりゃあ、まぁ……」

久しぶりの再会にも遠慮なく反論するかつての後輩に、皆川は一瞬なにか言いかけたが、すぐにニッと笑って煙《けむ》に巻いた。

「俺は過去は振り返らない男なんでな」

「過去って……」

「まぁ、ここで一緒になったのもなにかの縁さ。それより、しばらく見ない間におまえ痩《や》せたんじゃないのか?」

「え? べつに変わらないと思いますけど……」

伸びてきた手に身構えもせずにいた本名は、するりと腰に回されて『わっ』となる。

警戒する隙を与えず、両手は手慣れた仕草で腰を抱いた。無遠慮に下りたかと思うと、スラックスの上から本名の引き締まった尻をむんずと鷲摑《わしづか》みにする。

「ちょっ、ちょっと皆川さんっ……」

思い出した。そういえば、過剰《かじょう》にスキンシップをしたがるのも、皆川という男の特徴だった。昔もよく挨拶代わりに尻を撫《な》でられたものだ。

「映視、相変わらず道場で鍛《きた》えてんのか。だから組対なんかに飛ばされんだよ、おまえは」

「余計なお世話です」

きっと、からかって笑いたいのだ。だったら過剰に反応して焦《あせ》るのは禁物《きんもつ》で、喜ばせるだけだろうと、本名はされるがままでいた。

目線だけは冷ややかに見る。

「しっかし、いい体してんな。このケツの小ささといい、締まり具合といい……」

「そっちは相変わらず手癖《てくせ》が悪いですね。そのうちセクハラで訴《うった》えられますよ。久しぶりに見る名前が新聞記事だったりしてね」

「ちゃんと訴えない相手ぐらい選んでる。あと、俺の好みのケツかどうかもな」

「またそんな笑えないことを……」

そろそろ指に挟んだままの煙草でも押しつけてやろうかと、睨《にら》みを利《き》かせたときだ。

駐車場のほうから近づいてくる人影を感じた。淡く長く伸びた男の影に、そちらになんとなく目を向けた本名は、表情を強張《こわば》らせる。

影の長さに比例した長身のスーツの男は、自分を真っ直ぐに見据えて歩み寄ってきた。

「塚原……」

「お疲れさまです」

男に腰を抱かれ、尻を揉《も》みしだかれ、極めて間抜けで問題のある状況だったが、塚原がそれについて突っ込もうともしないので、言い訳もしづらい。

にこりともしない男は、ただ憮然《ぶぜん》と自分を見ていた。

本名はそっと皆川から離れる。

「お、おまえ、島野真帆は？」

「親戚の家に着きましたよ。今頃宴会でも催《もよお》している頃じゃないですか。寿司の出前が届いてましたから。六人家族で斜向《はすむ》かいが交番の一軒家。あれは斉田も近づけませんね。車停めてると目立つだけなんで、早々に引っ込んできました」

「そ、そうか、お疲れ」

「明日は九時には家を出るそうです」

『ほら』と携帯電話の画面を操作した塚原は、真帆からのメールを見せる。

そして、前触れもなく話を隣に振った。

「こちらは？」

「ああ、和歌山県警の皆川巡査部長。本部から応援に来てくれたんだ。それが、知り合いでさ。車で話しただろ、前に富坂北署で一緒だった人がいるって」

あのときはまさかここで再会するとは思ってもみなかった。

「そうですか。どうも、よろしくお願いします。塚原です」

塚原は表情一つ変えず、慇懃無礼《いんぎんぶれい》とも取れる口調で言う。

「ご紹介に与《あずか》りました、皆川です。へぇ、警視庁の組対は随分変わったもんだな。ヤクザ顔負けの選《え》りすぐりの強面《こわもて》が集まってるのかと思えば、イケメン揃《ぞろ》いか」

皆川は初対面にもかかわらず、屈託《くったく》のない砕《くだ》けた調子で言い、褒《ほ》めているのか揶揄《からか》っているのか判らない感想を並べた。


「状況を俺にも報告してください」

車中でずっとむすりと閉ざしていた口を塚原が開いたのは、宿に到着してからだった。

真帆の祖母の家は、海と山に囲まれたにしべ町の集落にある。周辺にホテルや旅館などはなく、徒歩圏内の港にかろうじて存在していたのは、普段は釣り人相手に細々と営業しているような民宿だ。刑事であることは伏せ、近隣の工事関係者ということで予約は入っていたが、三人もの長期宿泊に宿は急に活気づいた様子だった。

そう、三人なのだ。

宿泊は皆川も一緒だった。和歌山市内から電車で来たという男は、当然ながら宿まで本名たちの車に同乗した。

とっぷりと日も暮れ、長旅の疲れに加えて空腹も覚えた午後八時。『よう、おいでましたな～』と割烹着《かっぽうぎ》姿の極《ごく》普通の主婦にしか見えない女将《おかみ》に迎えられ、二階の角部屋に落ちついたのが三分前。

女将が去って、どさりとボストンバッグを畳《たたみ》に下ろすなり飛び出した塚原の言葉が、先程の一言だ。

「状況って？」

本名も壁際に荷物を置きながら問い返す。

「とぼけないでくださいよ。あの人、なんなんすか？　ゲイじゃないですか」

惚《とぼ》けたつもりなど毛頭《もうとう》ないが、なにを言われたのか判らなかった。『あの人』とは、隣の部屋に案内された皆川のことだろう。

築年数《ちくねんすう》を感じさせる黄土色《おうどいろ》の砂壁のほうに自然と目線を送る。

「は？　なに言ってんだおまえ、ゲイなわけないだろ」

「男の尻を揉むのがゲイじゃなかったら、なんだって言うんです。どういう状況でああなったんですか？」

「あ、あれはただのスキンシップだ。あの人は前からそういうの過剰な人で……」

「スキンシップで男が男の尻を撫で回すわけないでしょ。係長が撫でたことがありますか？　管理官がタッチしたことが一度でもありましたか？　俺だって……」

部屋は八畳ほどの和室だ。いつまでもスーツでは寛《くつろ》げない。着替えを取り出そうと腰を下ろした本名は、中央の座卓を回ってにじり寄る男の剣幕《けんまく》に思わず怯《ひる》んだ。

確かに、男が男の尻に手を出すのはよくある話ではないかもしれないが、それを言うなら塚原にだって触られている。

しかも、明確に肉体的な欲望を伴《ともな》ってだ。

「おっ、おまえは自分がゲイだからって意識し過ぎてるだけだ。自分がそうだから他人もそうと思うなよ。皆川さん……あの人はな、ちゃんと結婚だってしてるんだぞ。その……もう離婚済みだけど」

逃げ腰で仰《の》け反《ぞ》る本名が、隣を意識して声を潜《ひそ》めて返すと、その場にしゃがんだ塚原は大《おお》仰《ぎょう》に溜め息をついた。

「鈍《にぶ》い人だな」

「はぁ？」

「ゲイだからバツイチになったに決まってんじゃないですか。結婚してみて自分の性指向に気づいたか、カモフラージュに結婚したけど破綻《はたん》したかのどっちかでしょ」

「バカやろ、失礼なこと言うな！」

皆川には恩義を感じていた。交番勤務から晴れて憧《あこが》れの刑事になったものの、右も左も判らずにいた頃。周囲が新人教育なんて二の次で、自分の手柄を上げることばかりを考えている中、捜査のノウハウを教えてくれ、班に馴染《なじ》みやすくしてくれたのは年齢も近かった皆川だ。

互いにそれなりの経験を経《へ》て出会った塚原とは、同じ同僚でも事情が違う。

声を荒げた本名だが、塚原は怯《ひる》みもせずに言った。

「人の恋人に手を出すような男相手に、失礼もへったくれもありませんね」

独占欲も露《あら》わな言葉を不敵に告げられ、いちいち焦って心臓を躍《おど》らせるのは本名のほうだ。

こんな奴だっただろうかと思う。

いつも飄々《ひょうひょう》としていて、こっちが本気で怒っても暖簾《のれん》に腕押し。女好きで、可愛げがなくて、自分とは仕事だから渋々一緒にいるだけで煙たがっているのだろうと思っていた。

それが、好意を明らかにした途端に、今までの態度はなんだったのかと呆れるほどにぐいぐいと迫《せま》ってくる。

『嬉しいな』

酔っぱらって抱き合った夜。抱きしめた男が心底嬉しそうに漏《も》らした言葉をふと思い返し、本名は心をざわめかせる。

あのとき、セックスが久しぶりだから喜んでいるだけだなんて塚原は言ったけれど、今振り返ると特別な意味があったように思えてならない。

関係が大きく変化したのは、あの夜からだ。

気づけば知らない場所に、知らない形で自分の心は到着していて、どうしたものかと持て余す。想いを認め合ったところで、急に割り切った社内恋愛を始められるほど本名は器用ではなかった。

恋愛下手な上に同性。いきなりひょいと飛ぶにはハードルが高すぎる。

本名は文字通り迫りくる『難問』を前に、じりっと後ずさるように畳の上に後ろ手をついた。

あの晩と同じく、今も部屋は二人きりだ。

無意識なのだろう。空いた空間は埋《う》めねばならないとばかりに、膝立《ひざだ》ちした塚原は身を乗り出してきた。距離が失われ、傍《かたわ》らに片手までつかれると、首元から下がった男のネクタイが本名の体を掠《かす》める。

「ちょっと、おまえ……さっ、斉田のことが片づくまでナシだって言っただろ」

「それで明日からの張り込みも俺とは別行動に決めたんですか?」

「違う。皆川さんらは、あくまで応援だからだ。斉田や彼女のことをよく知ってるのは俺たち二人だ。なるべく一人ずつ別の相手と組んで見張ったほうが確実で、効率もいい」

最寄《もよ》りのにしべ町交番からの応援を入れて、五、六名での張り込み生活になる。

「……確かにそうですね。合理的でいい考えだ」

ちっとも『いい』などと思っていないように感じるのは気のせいか。覆《おお》い被《かぶ》さるほどに身を寄せた男が一向に引こうとしないのに弱り果て、押《お》し退《の》けるか否かを迷っていると、廊下に続く引き戸がノックされた。

「は、はい?」

うっかり返事をしてしまい、がらっと開いたドアにびくりとなる。

「食事、そっちはまだ行かな……」

畳の上で迫られているとしか思えない恰好で硬直した本名を見ると、皆川は言葉を途切れさせた。

「いや、違います！　ちょっと転んでしまって！　あれですね、畳は靴下だと滑《すべ》りやすいから」

なにも問われてもいないのに言い訳した。

この期《ご》に及んでどこうともしない塚原を突き飛ばす。尻を揉まれても動《どう》じなかったものが、塚原が相手となると距離が近いというだけで途端に慌てふためいてしまった。

塚原のほうは落ち着き払った顔で、すっと身を起こして立ち上がる。

「じゃ、早くメシ行きましょうか」

この変わり身の早さときたらどうだ。ふてぶてしささえ漂《ただよ》わせる男は、無言で皆川の脇を擦《す》り抜《ぬ》け階段へと向かう。

「あいつ……」

見送る皆川の眼差《まなざ》しが、いつもの温和に笑っている顔とは違って見えた。

「無愛想《ぶあいそう》な奴ですみません。普段はそんなこともないんですけど」

「え、ああ……いや、なんでもないよ。行こうか」

本名が声をかけると、我に返ったように男は相好《そうごう》を崩《くず》す。

その顔はもう、本名のよく知る皆川だった。

キラキラと光が海の上を躍っている。

波音まで聞こえてきそうな海の輝きは、高台から反射するガラスのように眩《まぶ》しく見えた。

翌朝から本名たちが籠《こも》ったのは、真帆の祖母の家の隣家《りんか》だ。正確に言うと、隣家の庭の農具小屋である。なにぶん田舎の集落で、山の斜面にぽつぽつと点在するような家々だ。近隣に車を停めて張り込むなど目立つため、やむなく事情を話して捜査協力を依頼した。

明かり取りの小さな窓からは、見下ろす家々が一望できた。漁船が船着き場に着こうとしているのか、港では活気づいたカモメが賑《にぎ》やかに舞っている。

長閑《のどか》で心和《なご》む田舎町の光景。けれど、特に目を引くものもない眺めは、見続けていればすぐに飽きてくる。家庭の事情で大阪を追われるように出て、強制的に住まされた少女時代の真帆が、『なにもない町だ』と嫌ったのも判らなくはない。十代の少女にはあまりに刺激のなさすぎる町だ。

二十七歳の彼女は今、あの家で一人なにを思っているのだろう。

斉田と転がり込むつもりでいた家。育ててくれた祖母ももういない。一人きりで寝泊まりを始めた真帆は、初日こそ布団を干したりと表に姿を現わしていたが、三日目の今日は表に出てくることもなく、庭先の赤い車ばかりが目立っていた。

時刻は正午だ。中にいるのは本名と皆川の二人で、動きのない光景に欠伸《あくび》を漏らしそうになっていたときだった。閉じた木のドアをガタガタと揺らす音が響き、驚いてそっちを見た。

「はい？」

立てつけの悪い戸を開けて入ってきたのは、家主《やぬし》の夫人だ。

「おまんら、そろそろお腹が空《す》いたやろ？　おにぎり作ってきたさけ、食べなぁ」

夫人と言っても、高齢化も進む町だけあってかなりのお年寄りで、手拭《てぬぐ》いをほっかむりにした老人は、盆《ぼん》で運んできたおにぎりをニコニコと差し出してくる。

「うちで取れた梅で作った梅干しさ入ってるじょ」

「いえあの、お気遣いは嬉しいんですが、食事は自分らで調達……」

「なんね、梅干しは嫌いかえ？」

紀州《きしゅう》、和歌山と言えば南高梅《なんこうばい》だ。ここにしべ町も梅の里と呼ばれ、梅農家の多い土地である。

「梅干しは好きですけど……」

問題はおにぎりの具ではない。盆に握り飯を山盛りにした家主が、農具小屋に出入りしていては不自然極まりない。万が一、斉田の目に留まろうものなら、張り込みの刑事がいるとアピールしているようなものだ。

本名は戸惑うも、皆川は椅子代わりの脚立《きゃたつ》から颯爽《さっそう》と下りて調子のいい声を上げた。

「いやぁ、嬉しいなぁ！　ちょうど腹の虫がうるさくてしょうがなかったとこなんですよ」

「ほな、遠慮せぇへんとぎょうさん食べたらええ」

「すごいな。これ、おばあちゃんがみんな握ってくれたの？　ああ、ベッピンの奥さんに『おばあちゃん』なんて言っちゃいけないね」

「別嬪《べっぴん》やて、五十年ぶりくらいに聞いたさかえ。おまん、褒《ほ》めても梅干ししか出ねぇじょ」

盆を手渡しながら老婦人はそう返すも、満更《まんざら》でもなさそうに『ふぉっふぉっ』と笑う。

「なぁんもねぇところだけど、まぁ好きなだけおったらええ。ああ、白浜のほうさ行ったら温泉も動物園もあっから。日本一熊《くま》のおる動物園やて、こなえだ東京から孫さ遊びに来て見に行っちゃったさ」

熊じゃなくパンダのはずだが、白黒の柄の問題でもない。

「いや、ですから我々は観光に来たわけではなくてですね……」

「そりゃあいい！　せっかく紀州に来たんだ、非番の日を楽しみに頑張りますよ」

愛想よく皆川は応える。満足げに老婦人はまたガタガタと引き戸を鳴らして出て行き、本名は早速《さっそく》おにぎりに手を伸ばしている男を呆れ顔で見た。

「皆川さん、なによそ者の振りしてんですか。県民でしょう？」

「あの婆さんにとっては、どっちでもいいことさ。ノリが悪いなぁ、適当に話合わせろよ」

「適当にって、こんな差し入れもらってたら隠れてる意味がないです」

「まぁまぁ、張り込みの場所を提供してくれてる善良な市民を気持ちよくさせんのも、勤めのうちだぞ～」

そう言われてしまうと、間借《まが》りしている立場としては弱い。

昔から愛嬌《あいきょう》で協力を得るのが上手い男だった。警察と聞けばそれだけで身構えてしまう一般市民も、皆川のペースに巻き込まれて重要な証言をしてくれることがあった。

「なぁに、こんなことしてくれんのは最初のうちだけだって。おまえも食えよ、美味《うま》いぞ」

「あ、はい」

おにぎりを手に取り、安っぽいビニールの座面の丸椅子に腰をかける。この家の自慢の一品であろう梅干しは塩加減もほどよく、炊《た》き立《た》てご飯に文句なしによく合う。

なんだかんだ言いつつすっかりご馳走《ちそう》になり、午後は今度は眠気と戦う羽目になった。

真帆は縁側に座る姿が見えた。一人ぼんやりと空を仰《あお》いで茶を飲んでいたが、それも二十分ほどのことで、すぐに朝から間違い探しのように変化のない眺めへと戻る。

ふと視線を感じて振り返ると、脚立に暇そうに座った皆川がじっと自分を見ていた。

「なんですか?」

「映視、おまえのそれは農作業服のつもりなのか?　それとも工事服か?」

ずっと気になって仕方なかったとばかりに指摘されたのは、身に着けた服だ。

怪しい男たちがスーツ姿で小屋を出入りしていては、おにぎりより目立つ。本名が家探しして用意したのは、ベージュ色のツナギの作業服で、皆川のほうは白シャツにジーンズだ。

「変ですか？」

「そんな小奇麗《こぎれい》なツナギで農作業やってる奴いるかよ。うーん、おまえの場合、服っていうか顔だな。顔がすでにダメだ」

「悪かったですね。顔は生まれつきこんななんで」

自分の顔は特に好きでも嫌いでもないが、組対に入ってから似合わないと散々《さんざん》言われてきたこともあって、指摘されると面白くない。

むっとした表情を浮かべれば、皆川は目を細めた。

「懐かしいなぁ」

「え？　ああ……よく一緒に張り込みもしましたっけ。白山《はくさん》の幼稚園の事件は最悪でしたね。一日中不審者を見張って、しまいには近所の交番に自分らが不審者で通報されて」

「おまえと組むと時間が経つのがあっという間だった。おまえの顔はあれだ、目の保養だな」

「そりゃあまぁ、さっきのご老人が別嬪の婦人になる皆川さんですからね」

ブランクこそあれ、毎度の冗談に違いないと本気にはしなかった。適当に受け流す本名に、皆川は大仰にも肩を竦《すく》め見《み》せた。

それから、脚立を下りて一歩近づき身を乗り出してくる。

「本当だって。もし張り込み対象がおまえなら、俺には三時間だって三分に感じられ……」

言葉の途中で扉をノックする音が聞こえた。

――今度はなんだ？

夫人が三時のおやつの梅デザートでも持ってきたのかと、視線をそちらに向ければ、返事を待たずにガタガタと開けて姿を見せたのは、本名と同じくツナギ服の男だった。

「お疲れ様です」

ブルーのツナギ姿で、すっかり警官オーラを消して入って来たのは塚原だ。

「塚原、おまえまだ三時だぞ？」

「ちょっと早いですけど、暇だったんでまぁいいかと思って」

「ちょっとじゃないだろ、交代まで三時間も早いぞ」

その問いに返事はなく、塚原は農具小屋の空《あ》いた丸椅子を指差した。

「ここ、座ってもいいですか？」

「え、ああ……」

呆気《あっけ》に取られつつ応えると、どういうつもりか、わざわざ丸椅子を本名と皆川の間の一メートルもない空間に持ってきてどっかりと腰を下ろした。野郎ばかりで密度が上がってむさ苦しいったらない。

しかし、そんな不自然な行動を取りつつも淡々と塚原は問う。

「どうですか？　なにか変わった様子はありましたか？」

「いや、特には」

「そうですか。こっちはサジから連絡があって、渋谷での目撃情報はやっぱり途絶えてます。和歌山に来てるとしたら、彼女に接触しないのは慎重になってるからですかね。これ、この辺りで宿泊先になりそうな場所のリストです。車を手に入れて車中泊してたらどうしようもないんですけどね。一応当たってみようと思ってます」

数枚の紙束を差し出してくる。

「これ、どうやって……」

「ああ、にしべ駅の近くのネットカフェに調べに行って、ついでに印刷しときました。ネットカフェって言っても、昔ながらの喫茶店の隅にパソコンがあるだけなんですけどね。二階はカラオケになってるし、ちょっとした複合施設ですよ」

「いや、どこで印刷したかじゃなくて、いつこんなの調べたんだ？　おまえ、斉田を確保したいのは判るが、ちょっとはりきり過ぎじゃないのか？」

早期解決を望まない刑事などいないが、休む暇がないだろうという懸念《けねん》だった。

「塚原、休養取るのも仕事の内だぞ。いざってときに体が動かないんじゃどうしようもないからな」

つい新人刑事を諭《さと》すような物言いをしてしまい、塚原がその男らしい眉根を寄せる。

「早く片をつけてしまいたいんですよ」

あまりの密度に身を引いて脚立のほうへ戻ろうとしていた皆川が、突然クックッと息を殺して笑い出した。

殺したところで、八畳ほどしかない小屋のしかも至近距離では丸聞こえだ。先に憮然とした声で反応したのは塚原だった。

「なにがおかしいんですか?」

「いや、よっぽど嫌われたもんだと思ってね」

「嫌うってなにを……」

意味が判らず問いかけたのは本名だったが、途中で声をのんだ。

傍らの窓の向こうに、細い坂道を上ってくる車が見えた。集落のどん詰まりの高台で、この先に家は数軒しかない。にわかに緊張感が走るも、全国的に見慣れたカラーで、白い猫がシンボルマークの宅配便のトラックと判ると脱力する。

「なんだよ、また通販か? 家財道具はそのまま残ってるんじゃなかったのか?」

本名はぼやいた。宅配便は昨日も来ていた。

送り主が気になり、念のために確認したところネット通販の会社からだった。

宥《なだ》めるように口を開いたのは皆川だ。

「まぁまぁ、女はなにかと物入りなんだよ。年寄りの遺品《いひん》で生活が賄《まかな》えるもんか。ていうか、あいつらはショッピングをしてないと死ぬ生き物なんだ。泳いでないと窒息《ちっそく》するマグロみたいなもんだと思えばいい」

「マグロって……皆川さん、偏見《へんけん》もいいとこでしょ」

さすがに冗談でも呆《あき》れる。

「女に恨《うら》みでもあるんじゃないですか」

皆川への偏見としか思えないことを、さらりと塚原が口にした。

「ちょっと、おまえ……」

本名は焦った眼差しを、後輩とそしてかつての先輩へと向ける。まるで板挟みになった中間管理職だ。

「ああ、違いましたか、単に好きじゃないだけですか？」

物怖《ものお》じしない男はずけずけと言い、皆川は苦笑した。

「そうだな、昔ちょっと痛い目に遭《あ》ったから懲《こ》りてる」

「女を都合のいい偽装《ぎそう》の道具にでも使おうとしたからじゃないですか？」

「なんのことだか。想像力逞《たくま》しいのもいいが、刑事の基本は裏取りだぞ～」

「裏を取りに行っている間に、油揚《あぶらあ》げ攫《さら》われたら敵《かな》いませんからね」

「油揚げか。いいね、俺も油揚げは嫌いじゃない。みそ汁には油揚げが入ってないと」

クッツッとまた嫌な笑いを皆川は零《こぼ》し、何故かその視線はこちらに向いた。塚原は黒い眉《まゆ》をぐっと寄せている。

どう贔屓目《ひいきめ》に見ても互いに好戦的だ。よく言えば、まだ知り合って間もないのに奔放《ほんぽう》な会話だった。

塚原は普段は感じの悪い男ではない。初対面の相手ともそつなく会話し、むしろ外面《そとづら》がよすぎて胡散臭《うさんくさ》いぐらいである。

「なんか……」

じっと二人を見返した本名は、鈍いと思われても仕方のない的外《まとはず》れな感想を零した。

「塚原と皆川さん、昔から一緒にいるみたいだな」

二人はタイミングを合わせたように、「はっ？」と声を揃えて嫌そうな顔をした。


和歌山《わかやま》に来てからの一週間は、あっという間に過ぎた。

真帆《まほ》は二度外出した。近所のスーパーと、少し足を伸ばしたところにあるドラッグストア。帰りに国道沿いのうどん屋でキツネうどんを食べ、尾行《びこう》の車に乗った本名《ほんな》の携帯電話には、『ここ美味《おい》しいの。刑事さんもどう？』なんてメールがきた。

真帆が中学生の頃から営業している老舗《しにせ》らしい。

この一週間の収穫《しゅうかく》といったら、まいったことにそのぐらいである。

「和歌山市内のほうまで足を伸ばしてみたんですけど、目撃情報はありませんね。手軽に泊まれそうな場所は限られてるんで、やっぱ後は車ですかね」

民宿の一階の食堂で、塚原《つかはら》はそう言ってぼやいた。

午後七時過ぎ、宵《よい》の口《くち》の食堂には蛍光灯《けいこうとう》の明かりが灯《とも》っている。夕飯を終えたばかりでまだ煮物の香りが仄《ほの》かに漂《ただよ》っていた。

食堂といっても、利用者はほぼ宿泊の三人だけのアットホームな空間だ。今も二人しかいない。土間にはどこか懐《なつ》かしい時代を感じさせるテーブルが四つ並び、禁煙なんて今時のルールもなく、銀のアルミの灰皿がありがたく載《の》っている。

塚原がテーブルに出した用紙には、しらみ潰《つぶ》しに当たったと判《わか》るボールペンのチェックが入っていた。ネットカフェやカプセルホテルの類《たぐい》だ。二十四時間営業のカラオケボックスもある。

「おまえ、和歌山市内って……指名手配犯なんだから、それこそ確認は県警に任せろよ。一体いつ寝てるんだ？　休むのも仕事の内だって言ってるだろ」

本名は張り込みを終えて宿に戻ってきたところだが、塚原はこれからだ。

「ちゃんと午前中寝てましたよ」

「交代したの朝の六時だろうが。これから張り込みに行くんじゃないのか？」

「行きますよ。交番の南方《みなかた》さんは今夜は十時までの約束ですからね。けど、まだ少し時間ありますし、これからちょっと飲み行きませんか？」

「え？」

短くなった煙草《たばこ》を揉《も》み消《け》そうと灰皿に伸びた塚原の手に、つい目を奪われそうになる本名はやや動揺してしまった。

「漁港の近くに、いい飲み屋があるらしいんです」

「なに言ってんだ、そんな暇《ひま》……」

「毎晩町民が集まってるそうなんで、なにか情報入るかもしれないですよ」

「あ、ああ……そういうことか。じゃあ、ちょっと行ってみるか？」

ただの情報収集だ。仕事熱心なだけだと判《わか》り、妙な緊張の走った胸を撫で下ろすと同時に、どこかで覚えのある展開だなとふと思った。

記憶から探り出すより先に、塚原が言った。

「二人で出るの、なんか久しぶりですね」

ここへ到着したのは僅《わず》か一週間前だが、同じ部屋で寝泊まりしていながら完全な擦《す》れ違《ちが》い生活で、随分まともに会っていなかったように感じる。塚原は交代に早めにやってくるが、顔を見るのも言葉を交わすのも小屋でだけ。

今夜夕飯が一緒になったのは、警察署からの応援が二人以上で余裕が出たからだ。

「まぁ、そういえばそうだな」

他意《たい》はなさそうに塚原がさらりと言ったので、本名も素直に応《こた》える。テーブルの向こうを見ると、蛍光灯の下の顔が急に嬉しそうに笑《え》むから、またちょっと動揺してしまった。

「じゃ、じゃあ早いとこ……」

『行くか』と立ち上がろうとしたときだ。

奥の廊下へ続く間口《まぐち》から男がひょいと姿を現わし、土間《どま》の食堂へ下りてきた。咥《くわ》え煙草の皆《みな》川《がわ》は、いかにも風呂上がりの、首にタオルを引っかけたスウェット姿だ。

ぎょっとして無意識に動きを止める。

「なんだ、密談の邪魔したか?」

冗談めかして男は言い、本名は思わず真剣に否定した。

「ち、違いますよ。ちょっと捜査状況を話し合ってただけです」

「ふうん」

テーブルの上のリストを覗いた皆川は、煙を吐いて灰皿に灰を落としながら尋ねた。

「今からどっか行くのか?」

「あ、まぁ……」

塚原が鈍《にぶ》い反応をするので、本名が応える羽目《はめ》になる。

「聞き込みに飲み屋に行ってみようかって話をしてたんです。皆川さんもどうですか?」

応援とはいえ、皆川も今は捜査班の一員だ。伏せる必要もないだろうと告げれば、教えられた皆川は自《みずか》ら訊《き》いたくせして驚いた顔をした。

「俺が行っていいのか?」

問い返した視線の先は、どういうわけか塚原だ。

「もちろん構いませんよ。本名さんの誘いですから」

塚原は皆川のほうを見ようともせずに言い、テーブルのリストを引《ひ》っ摑《つか》む。私服のブルゾンのポケットに押し込みながらの返事は、まるで本名が誘わなければ有り得なかったような言い草だ。

――まずいことをしたのかもしれない。

そう本名が本格的に思ったのは、民宿を出て三人で夜道を歩き出してからだ。一歩先を行く塚原の無言の後ろ姿に、不穏《ふおん》なものを感じた。

塚原が皆川を苦手とする理由は、色恋沙汰《ざた》に鈍《にぶ》い本名でもなんとなく判っている。自分にセクハラ紛《まが》いのことをしている姿を目撃したからだろう。

けれど、それにしたって事件解決まで私情《しじょう》は挟まないはずで、今だって先に『捜査の一環《いっかん》として飲みに行く』と言い出したのは塚原だ。

「……なんだかな」

今更引けないまま、商店のいくつか並んだ道沿いにある店に辿《たど》り着《つ》いた。昼間とは打って変わって飲み屋だけが看板の明かりを灯《とも》し、賑《にぎ》やかな客の声は表まで響いている。

客層はドアを開ける前から判った。

女っけなどない、親父の憩《いこ》いの場だ。

「いらっしゃい！」

がらりと引き戸を開けると、威勢のいい店主がカウンター越しに迎える。

小ぢんまりとほどよく周囲を見渡せる広さの店だった。町民以外の客は珍しいのか、客の視線が集まった気がしたものの、テーブルにつけば馴染《なじ》んでしまえた。今はツナギではないが、普通の私服姿だ。せいぜい観光客に見えるくらいだろう。

「とりあえずビールね」

客を装《よそお》うためか、単に一杯やりたいからか、即座に皆川が注文した。

冷えたビールとお通しがすぐにやってくる。先輩である皆川のグラスにテーブル越しに瓶《びん》ビールを注《つ》いだ後、本名が気を利《き》かして隣の塚原のグラスにも注いでやろうとすると、あっさり拒否された。

「俺はこの後がありますから」

「ああ……」

この後とは、張り込みのことだろう。

それにしたってやはり機嫌が悪い。その仏頂面《ぶっちょうづら》はなんだと言いたくなるような横顔をして、座っている。

「真面目だなぁ。きっちりした後輩持つと楽だろ、映視《えいし》？」

「え、まぁ……」

「べつにきっちりなんてしてませんよ。ルーズなんで、本名さんにはいつも世話になってます。

貸してくださいい、俺のほうが後輩ですからね」

横から奪うようにして瓶を取られ、本名はグラスにビールを注がれる。白い泡が盛大《せいだい》に沸《わ》き立った。

「なんか、おまえにこういうことされると落ち着かないな」

「なんだ？　イケメンくんとは、仲のいい先輩後輩じゃないのか？　べったりいつも一緒にいんのかと思ったけどな」

なにか言葉に含みがあると感じるのは気のせいか。皆川のツッコミを本名は咄嗟《とっさ》に強く否定した。

「し、してませんよ。こいつとそういうのは全然ないです。ずっと不仲だったぐらいで！」

今までずっと不仲だったのは事実だが、その後はどうなのかと問われると困る。

「今だってべつに……」

先回りして否定しておこうとすると、塚原がテーブルの端に置かれたメニューを取りながらしれっとした声で言った。

「不仲でも本名さんの下着の色は知ってますけどね」

なにを言い出したのかと焦《あせ》った。メニューを開き見る男は何食わぬ顔だが、テーブルの向こうの皆川もさすがに面喰《めんく》らって目を丸くしている。

「バカっ、なに言って……」

「焦るとなんか怪しいですよ？　酔っぱらったときに泊める程度には関係は良好で、信頼もあるということです」

意味深なことを言ってけしかけたのは自分のくせして、塚原は悪びれもしない。

「ふうん、そういうのは俺はなかったな。本名の下着の色も知らねぇし。けど、俺の下着の好みなら本名は知ってるはずだけどね」

今度は皆川のほうが訳の判らない話を始めた。

「え、なんのことですか？」

「いつも献身的《けんしんてき》に洗ってくれただろう？　俺の下着」

本名は一転溜め息をつく。

「それは皆川さんがそれこそルーズだったからでしょ」

注文をしようと、カウンターの向こうに手を上げかけた塚原が、動きを止めてこちらを凝《ぎょう》視《し》する。

本名は言い訳めいた説明を始めた。

「警察署の近くの同じアパートだったんだ。皆川さん、替えがなくなってくるとシャツもずっと同じの着たりして……下着もやばいから、時々ついでに俺が洗ってた。洗濯なんて一人分も二人分も一緒だからな」

「へぇ……俺はシャツを替えてなくても洗ってもらえませんけどね。小言言われるだけで」

「おまえは住んでるとこ違うだろうが。つか、なんで俺が後輩の洗濯してやらなきゃならねぇんだよ」

理不尽だ。本名が皆川の世話を焼いていたのは、第一に体育会系の警察内で先輩であるというのが理由だった。

「あの頃はおまえ初々《ういうい》しかったし、妻みたいだったなぁ」

終わらせたい話を着地できずにいるところに、皆川がまた荒立てるような発言をしてくれる。

塚原は唇を歪《ゆが》ませて皮肉な笑みを零《こぼ》した。

「じゃあ、いい年して後輩にそんな世話焼かせてるからですね」

「なにがだ？」

「皆川さんが出世コースからズレた理由ですよ。巡査《じゅんさ》部長でしたよね？」

本名も塚原も同じ巡査部長だが、年上の皆川は事情が異なってくる。やる気のない者ならともかく、向上心さえあればもっと上であってもおかしくない年齢だ。

笑い飛ばすには、そこには皆川が東京から和歌山に移った理由が絡《から》んでいた。

周囲は賑やかに過ごしている中、本名たちのテーブルだけ空気が冷えてシンとなったように感じた。

塚原が口を開いた。

「当たりでしたか？」

「違う。いいかげんにしろ」

即座に否定した本名の声は、いつにないほど低くなった。

言っていいことと、悪いことがある。

塚原の元にそれを選別する情報がないのは判っているとはいえ、聞き流せなかった。

「塚原、おまえは皆川さんをよく知りもしないだろうが。なにも知らないくせに勝手なこと言うな」

真顔の本名に対し、塚原も真剣な眼差《まなざ》しを返す。

「そうですね、出会ったばかりですすもんね。でも、少なくとも俺は本名さんより一番大事なことを知っていると思いますよ」

「一番大事？　なんだそれ……」

テーブルの向かいでグラスのビールをぐいと呷《あお》った皆川が、どこかおどけた声で口を挟《はさ》んだ。

「おいおい、さっきから当事者抜きで話進めないでくれよ」

「皆川さん……」

「ケンカはやめて〜って感じだな。俺のために争わないで〜って歌い出しちまうぞ」

まだ酔ってもないのに、脱力することを言う。

タイミングのいい間で、カウンターから出てきた店主が声をかけてきた。

「話弾《はず》んどるけど、注文は決まったかえ？」

「あっ、すみません、今……」

慌てると同時に、なんのためにこの店に入ったのかを思い出す。身内でいがみ合うためじゃない。情報を得るためだ。

本名が機嫌取りに笑みを見せようとした瞬間、店主が思いがけないことを言い出した。

「おまはんら、民宿に泊まっちょる刑事さんたちやろ？　東京の、ほら警視庁の」

「……え？」

「古久保《こくぼ》さんとこで張り込みやってんやってなぁ」

「どうして……どこでそれを？」

テーブルの三人に緊張感を走らせているとも知らず、店主はのんびりとした調子で応えた。

「なんや、カッコええってな、みんな言うとるさけ。刑事ドラマみたいやて。ほら、大人気の『片棒《かたぼう》』みてぇな？」

「いや、そういうのじゃ……」

話の出所《でどころ》は小屋を借りている梅農家以外に有り得ない。間借《まが》りするのはリスクを感じていたとはいえ、口止めしておいたにもかかわらずこの有様《ありさま》だ。

頭を抱《かか》えたい気分の本名にダメを押すように、気のよさそうな店主は言った。

「なぁ、警視庁の刑事さんてサインもろたらダメなんかえ？　うちもほら、壁に色紙とか貼れたらええのにて、思うてんねやけど」

人の口に戸は立てられないというが、本当だった。

田舎町《いなかまち》は噂が広まるのが早い。今頃にしべ町の茶の間では、その話題でもちきりなのだろう。

張り込みに来たつもりが、実は張られている可能性だってある。

なんにせよ、とりあえずそのおかげで飲み屋での話は早く、スムーズに店内の客に聞き込みをすることができた。

――収穫《しゅうかく》はなかったけどな。

振り返れば、本名も気を落とす。

さほど飲んだつもりはなかったが、夜風に当たると頬が火照《ほて》っているのを感じた。

夜も更《ふ》けきった時刻。帰路《きろ》の途中、張り込みを交代する塚原だけが一人別れ、民宿に戻った

本名は風呂に入る前に酔いを醒《さ》まそうと窓辺に腰をかけた。

ベランダなんて洒落《しゃれ》たものはついていない和室だが、窓枠《まどわく》には腰をかけるのにちょうどいい張り出しがある。囲《かこ》う木製の手摺《てすり》も見た目以上に頑丈《がんじょう》そうだ。

「はぁ」

軽くもたれてほっと力を抜けば、溜め息が零れる。

なんに対しての溜め息なのか。

一向《いっこう》に進展のない捜査か、息の詰まる小屋での張り込み生活か、塚原とのギクシャクとしてしまった空気か。

おそらくそれら全部、複合的なものに違いない。

随分と濃い溜め息だ。やや自虐的《じぎゃくてき》に思いつつ、シャツの胸ポケットから煙草を取り出す。ボックスから一本抜いて火を点《つ》けると、手持ち無沙汰《ぶさた》になったように再び今度はパンツのポケットを探った。

一人で煙草を吸うとき、使う気もないのについ眺めてしまうのはあの携帯灰皿だ。灰を落とすには部屋から陶器《とうき》製の灰皿を用意する。

携帯灰皿の革《かわ》を存分に指の腹で撫《な》でたりしながら、煙草を味わった。

普段より自分の指先が青白く映《うつ》る。

星が出ていた。木々の合間には明るい月も見える。都会ではけして拝《おが》むことのできない澄んだ星空に、ここへは仕事で来ていると判っていながら、ふと塚原と一緒に眺めたかったような気分に駆《か》られた。

屋上で過ごした朝を思い出す。いつも捜査に追い立てられていっぱいの頭も、あの瞬間はふやけたみたいに弛緩《しかん》して、徹夜明けだというのにいつになく心地のいい朝だった。

もう遠い昔みたいだ。

あの日見た朝焼けも、交わしたキスも。身に馴染んだ東京の街の喧騒《けんそう》さえも。

塚原もこんな気持ちを抱えているんだろうか。

今頃きっと、小屋の窓から同じ星空を見ている。

「……なんだかな」

自分らしくもない感傷《かんしょう》に、本名はまた溜め息を零す。

「なかなか骨のある奴じゃないか」

唐突に脇から声が響き、窓枠から腰を浮かせんばかりに驚いた。

「皆川さん……」

隣の部屋の窓から、さっき廊下で別れたばかりの男が顔を覗かせていた。隣へは背を向け加減に座っており、皆川も窓を開けて酔いを冷ましているなんて気がつかなかった。

「なにがですか?」

本名は平静を装《よそお》って問う。

「惚《とぼ》けんなよ。あの若造のことだ」

「若造って……」

そんな言い方をするほど皆川は年を取っていないし、かろうじて二十代の塚原もそう若くはない。せいぜい五つ六つほどの年の差だ。

本名の困惑に、木枠の手摺に腕をかけて一服を始めた男は苦笑を浮かべた。

「仕事なんて二の次で、プライベートを大事にしたがる今時の奴かと思ったんだけど、昼間も一人で頑張ってるようじゃねぇの」

「それは……まぁ、一応」

食堂のテーブルに塚原が出していたリストを覗き見たのだろう。

たとえ聞き込み先で収穫が得られなくとも、可能性を潰すことは捜査範囲を狭《せば》める上で役に立つ。それもまた一つの情報になる。

最近になって判ってきた。塚原は気づかぬうちにそうやってコツコツと情報を集めている。

それが塚原の捜査のやり方らしかった。

「生《は》え抜《ぬ》きエリートの集まった警視庁の刑事だもんなぁ。腑《ふ》抜《ぬ》けた奴がいるわけないか。おまえと一緒で目をつけられて引き抜かれた口だろう？」

「俺は引き抜かれたっていうか、空《あ》きポストに入れられただけみたいですけど。あいつは……自分から組対《そたい》に入りたがったそうです」

「自分から？　ヤクザと渡り合いたがるなんて変わった奴だな。普通、憧《あこが》れるなら捜一《そういち》だろ」

飲み屋の店主を笑えない。本名も、警視庁の捜査一課でドラマみたいに難事件《なんじけん》を解決してみたいと考えた時期があった。

けれど、塚原は違っていた。

「あいつは……俺がいたから来たらしくて。昔、所轄《しょかつ》の合同捜査で一緒になったときのこと覚えてたとかで」

皆川は瞬間沈黙した。

吸い差しの先が一際赤く灯《とも》り、煙と共に男は言葉を吐き出した。

「ふうん、なるほどな」

なにを納得したのか、続いた言葉の意味が本名には理解できなかった。

「やっぱ応援なんて来なきゃよかったかなぁ」

「え？」

「映視、おまえは偶然や奇跡を信じるほうか？　知り合いが異動した先でたまたま組対に入ってて、たまたま田舎町まで派遣《はけん》されて、たまたま張り込みで同じ小屋にいる。そんな奇縁《きえん》をただの巡《めぐ》り合《あ》わせだと思うか？」

皆川との再会について語っているのはすぐに判った。

謎かけのように問われて、本名はまごつく。

「どういう意味ですか？」

「相変わらず鈍いなぁ。おまえのその、事件では刑事のカンは働いても私生活ではてんでダメって、どういう現象なのかね。自分のことには鼻が利《き》かないってヤツか？」

クエスチョンマークで問われても、困ったことに皆川がなにを言っているのかさっぱり判らない。つまりこれが言い分を肯定《こうてい》することになってしまうのか。

訳も判らず焦りを覚える本名に、皆川はさらりと返した。

「本部からの応援なんて嘘だよ」

「え……」

「本当は有給取ってここに来た。おまえとまた一緒に仕事がしたかったからな。みすみすチャンス逃《のが》せるかってさ。非番はパンダ見るんじゃなく、こうしておまえを見るのに使ってる」

いつになく低い男の声。皆川らしくもない浮《うわ》ついたところのない口調で告げられて、本名は言葉を失いそうになった。

「まさか……嘘でしょう？」

休みを費《つい》やしてまで自分に会いたがる理由。想像しようとすると、指に挟んだまま忘れ去られて燃えつきそうになっていた煙草の灰がぼろりと崩れる。

それすら気づかないで瞠目《どうもく》した本名に、皆川は謎かけを持ちかけたときと同様、あっさりと言葉を翻《ひるがえ》した。

「うん、嘘」

さすがに呆気《あっけ》に取られた。

「はぁっ⁉」

「刑事が二週間も休み取れるわけないでしょうが。なんで信じるかね」

「しっ、信じてません」

「今信じて狼狽《うろた》えた顔しただろ。おまえって案外判りやすい奴だったんだな」

聞こえよがしに男は笑い声を上げた。

「皆川さん！」

「綺麗な顔が台無しだから、まぁそう怒るなよ。警視庁からおまえが来るって聞いたときは運命感じちゃったよ。これは本当な」

「もう騙《だま》されませんよ」

警戒する本名に男は懲《こ》りていないのか、また謎かけのような言葉を残した。

「ははっ、本当なのに。あれだな、俺の運命はやっぱり四年前に決まってたんだな」


不自由な張り込み生活に馴染むのと、反比例するように焦燥感《しょうそうかん》は募《つの》った。

慣れるのと引き換えに、日一日と時間が過ぎていく。

『あわてへな、果報《かほう》は寝て待て』

目に飛び込んできた格言《かくげん》に、本名はぼやかずにもいられない。

「もう寝てる暇なんかないっての」

弱音を誰に聞かれることもないプライベート空間は、トイレの個室だ。手を洗おうとして目を奪われた壁のカレンダーに、まさか説教を受けるとは。田舎のトイレには、こうした格言つきの日めくりカレンダーがよく下げられていると思うのは、偏見だろうか。

なんにせよ、張り込み先の梅農家で借りたトイレに文句を言える立場ではない。

「ありがとうございました」

廊下を通りながら声をかけると、居間でミカンを剝《む》きつつテレビを見ている老婦人はこくりと頷く。平日は毎日楽しみに観《み》ているらしい昼ドラだ。

間借りを始めてもう十日。タイムリミットまであと四日だ。家主《やぬし》の生活パターンまで把握《はあく》しようというのに、真帆は通販生活に励《はげ》む一方で、肝心《かんじん》の斉田《さいた》は姿を現わさない。

裏の勝手口から本名がそっと表に出ると、タイミングを合わせたように携帯電話が鳴った。

「はい、本名です」

係長の廣永《ひろなが》からだ。

『おう、お疲れ。どうだそっちは？』

数日ぶりに聞く廣永の声は、状況が芳《かんば》しくないとすでに知っている様子だった。まぁ目ぼしい動きでもあれば、こちらから勇《いさ》んで連絡を入れている。

一通り状況を説明する本名の声に張りはない。

正直、すぐにも斉田は現われるものと楽観視していたところがあった。

耳に携帯電話を押し当てたまま、視線を送った隣家には、もうすっかり目に馴染んだ赤い軽自動車が停まっている。庭に干された洗濯物のシーツが秋風にはためくように揺れていた。

電話から廣永の声が響く。

『そうか、県警にも宿泊に使えそうな店の警戒にもっと力入れてもらわないとな。念押ししておくよ。どうやら向こうも今、山形《やまがた》組系の暴力団絡《がら》みでバタバタしてるらしい。一人しか応援に出せなくて悪いと言われたよ』

「え……」

『応援、県警から来てるんじゃないのか？』

「あ、いや、来てくれてます」

なんだと思った。やっぱり皆川は非番などではなく、県警本部から派遣《はけん》されたのではないか。

冗談だと言われても、心のどこかで引っかかっていた。

ほっとしかけたところに、廣永が言った。

「向こうも忙しい時期なのに、手伝いたいって志願《しがん》してくれたらしいな」

「え、志願ですか？」

そんなこと、昨日も皆川は一言も言わなかった。

新たな引っかかりが心に生まれる。

「本部が時期が悪いってごねるのを押してな。おまえの昔の同僚なんだって？」

「え……あ、はい、そうです」

廣永のほうは、上司として皆川よりもほかの者を懸念《けねん》しているようだ。

『そうだ、塚原はどうしてる？　おまえらまたつまらんことで言い争ったりしてるんじゃないだろうな？』

「あ……大丈夫です。張り込みは別々で顔合わせる時間も少ないんで、揉《も》める暇もなくて寂しいぐらいですよ」

『そうか？　ならいいが……おまえ、今なにか変な間があったぞ？』

鋭《するど》く勘を働かせて指摘しつつも、廣永はふっと息遣いで笑う。

『とにかく、しんどくなってきてるだろうが持ちこたえろ。以上だ』

人当たりのいい廣永らしい、さり気ない労《ねぎら》いの言葉だった。

「なにかあったら報告します」と応《こた》えて、本名は通話を切った。

人事《じんじ》を尽くして天命を待つ。

カレンダーの格言に刺激されたのか、そんな文句が頭に浮かんだ。張り込みは慣れているとはいえ、こうも手応えがないのは精神的にくる。

塚原のほうは、また数日擦れ違い生活で、実際揉めるほどに言葉を交わしていない。

けれど、それゆえに居酒屋での蟠《わだかま》りを残したまま来てしまっている気がする。

――少し話し合う必要があるのかもな。

恋愛なんて厄介《やっかい》な感情を抜きにしても、今最も身近な同僚は塚原であるのに、自分が皆川の肩を持ちすぎたのは自覚している。

事情なんて知る由《よし》もない塚原からすれば、ただないがしろにされたと感じても仕方ないだろう。

小屋に戻る本名はそんなことを思いながら、立てつけの悪い引き戸をこなれた仕草で開ける。まったくこんなことばかり熟達《じゅくたつ》しても仕方がないというのに。

「おう、長トイレだったな。ストレスで腹でも壊したか？」

定位置の脚立《きゃたつ》に腰をかけた皆川はのんびりした口調でそう言い、本名は思い出したように腹が痛むのを感じた。

夕方、交代の六時に姿を現わしたのは警察署の二人だった。今日は多く応援を出せると事前に言われていたので、塚原は聞き込みに回っていた。

民宿に戻っても塚原の姿はない。宿の女将《おかみ》に確認すると昼過ぎには出かけたとかで、夕飯もいらないと連絡が入ったという。帰りが遅いのはなんとなく予想がついていたが、どこまで足を伸ばしているのか、結局食事は皆川と二人で取った。

宿で塚原と一緒になる日は、おそらくこれが最後だろう。

後はもう東京へ戻るときだ。

斉田を確保するまで色恋沙汰《ざた》は抜きだと宣言した。べつになにがなんでもここで話しておかねばならないわけではないけれど、話せないとなるとひどくもどかしい思いに駆られる。

もう寝るという深夜になっても、塚原は戻って来なかった。

自分が帰っているのはもちろん判っているはずだから、もしかして避《さ》けられているのか。そんな風に疑わずにはいられない時刻だ。

隣の部屋から微《かす》かに聞こえていたテレビの音も消えた。皆川ももう休んだのだろう。

明日も朝は早い。交代はいつも目立たぬように早朝の六時にしている。

本名は布団を一組敷いた。

暗くした部屋で横になっても塚原のことが気にかかり、何度か枕元に置いた携帯電話を手にした。

所在確認に送っていたメールの返事はなかった。

スマートフォンの画面を何気なくなぞった本名は、そこに並んだ過去のメッセージをスクロールで目にする。塚原とのメールは、いつも用件限りで色気も素《そ》っ気《け》もない。

仕事のやり取りしかしていないのだから当然か。倦怠期《けんたいき》のカップルだって、もう少しマシなメールを送り合っているに違いないと思う。

「付き合うって、どうすればいいんだ?」

暗がりで顔を照らす携帯電話に向け、思わず零した。一文たりともそれらしいメールなんて思いつきもしないくせに、往生際《おうじょうぎわ》悪く携帯を握り締め続け、いつの間にかそのまま寝入った。

疲れてもいた。途中目覚めることなく眠りにつき、本名がふっと意識を浮上させたのは明け方になってからだった。

目蓋《まぶた》の向こうに淡い光を感じた。覚醒《かくせい》しきれない意識の中で、『なんの明かりだろう』とぼんやり考える。明け始めた夜に、窓の向こうも、部屋の窓辺もすでに白く染《そ》まっていた。

畳《たたみ》の上を徘徊《はいかい》する足音を感じ、はっとなる。塚原が戻ったのかもしれないと考え、本名はようやくもう朝なのだと判った。

目蓋を起こすのを躊躇《ためら》ったのは、まだ眠かったのもあるけれど、すぐに飛び起きては帰りを待ち続けていたみたいではないかと思ったからだ。そのとおりだったからこそ、躊躇った。

自然に起きるタイミングを計《はか》る。ふわりとなにかが目蓋の向こうで淡いベールとなって降りるのを感じた。過《よ》ぎった人影はすぐに本名を夜へと引き戻すように深く覆《おお》い、頭の脇《わき》では敷布団が僅《わず》かに沈む。

塚原のついた手に、心臓が煩《うるさ》く鳴った。

部屋にドクドクと響き渡っているのではないかと心配するほどの高鳴りで、目覚める頃合いを完全に誤《あやま》った本名は、無意識に殺した息のやり場に困る。

見つめる視線を感じた。

温かい息遣いをすぐ傍《そば》に感じ、キスをされるのではと少女のように身構えた瞬間だった。

「本名さん、寝たふりへタクソですね」

すぐ頭上から明瞭《めいりょう》に響いた。

アルコールの匂いが鼻先を掠《かす》める。恐る恐る目蓋を起こすと、塚原はくすりとした笑いを零し、片手のものを見せつけてきた。

「………ライター？」

安いプラスティックの百円ライターだ。色は青いが、なんの特徴にもならない。『それがどうした』と問うまでもなく、塚原が続ける。

「そこに落としたんで拾おうとしただけですよ。キスでもされると思っちゃいました？」

揶揄《やゆ》する物言いは、居酒屋でのことをまだ引《ひ》き摺《ず》っているに違いなかった。

あれからずっと、言葉の端々に棘《とげ》を感じる。

キスへの疑いが図星でバツが悪い。嫌な形ですっかり目覚めてしまい、肘《ひじ》をついて布団の中から身を起こした本名は、気まずさの原因を目の前の男へと転嫁《てんか》する。

「こんな時間までどこに行ってたんだ？」

これではまるで門限に煩い家の親父みたいだ。着替えて部屋の空いたスペースに布団を敷き始めた塚原が、いつまで経ってもなにも答えないものだから、引くに引けずに責め立てる。

「おまえ、酒臭《さけくさ》いぞ。お得意のキャバクラ捜査か？」

嫌みを飛ばしてしまい、後悔した内容に限って反論してくる。

「だったらどうだっていうんですか？」

「……無断行動も大概《たいがい》にしろ。それから、ちゃんと休め。寝るのも仕事だって、何度も言ってるだろう？」

本心だ。これからまた張り込みもあるにもかかわらず深酒《ふかざけ》をし、たとえそれが捜査のためであろうと、説明もなく受け入れられるわけがない。

「判ってますよ」

塚原はそう返してきたものの、けして本心などではないだろうと思った。

敷いた布団に潜《もぐ》り込《こ》む男は、本名にごろりと背を向けた。


三日が過ぎた。

果報《かほう》は寝ても覚めてもやって来ない。

「すみません、本当に！　立《た》て籠《こ》もりなんて、配属されてから自分も初めてなんですが！」

交番から来ている短髪の若い警察官は、緊張した面持《おもも》ちで本名《ほんな》に言った。

さっきまで、運動場にさえ出してもらえない動物園の動物みたいに、虚《うつ》ろな目をしていた男とは思えないほど背筋が伸びている。

張り込みの小屋に事件の一報が入ったのは正午前だ。飲食店で刃物とポリタンクを持った男が立て籠もりをしているとの連絡が入り、本来は交番勤務である彼は戻らなければならなくなった。『まさか斉田《さいた》か⁉』と本名はにわかに焦《あせ》ったが、立て籠もり犯は店主の親戚らしい。

「とにかくこっちは大丈夫ですから、早く行ってください」

普段は長閑《のどか》な町だけに、一度事件が起こると人手が足りなくなる。大事件が起きたら交番は休業というわけにはいかない。男は一礼をして出て行き、本名は小屋で珍しく一人になった。

期限の二週間はもう明日だ。

十月が終わる。変化がなくて単調だとばかり思っていた景色は、いつの間にか色を変えていた。山はところどころで色づき、深まる秋を否応《いやおう》なしに知らせてくる。周辺の南高梅《なんこうばい》の林もすっかり落葉《らくよう》して、農家は剪定《せんてい》作業に忙しくなる季節だ。

崖《がけ》っぷちの状況に、本名も檻《おり》の動物と変わらない虚《うつ》ろな眼差《まなざ》しになって、小さな窓から表を眺めた。

死んだような目をしていられたのは僅《わず》かな間だった。

電話で呼んでいた応援が到着した。

「本名さん、大丈夫ですか？」

入って来たのは塚原《つかはら》だ。丸椅子に座った本名は、気を抜いた姿勢を保《たも》って見せるために筋肉に緊張を持たせるという、矛盾《むじゅん》を実行せねばならなかった。

こんなときに限って、狭い小屋で二人きりとは皮肉だ。

「ああ、まいったよ。立て籠もりなんて予定外だ」

「店のほう、野次馬と消防で渋滞になってましたね。ポリタンクの中身が灯油《とうゆ》かガソリンか判《わか》らないってんで、もう大騒ぎで」

国道沿いの店らしいから、民宿から来る途中で目に入ったのだろう。

「塚原、急に悪かったな。おまえ、まだ寝てたんじゃないのか？」

「もう起きてましたよ。目覚ましに風呂入ったとこで、頭がこんなですけど」

ほぼ昼夜《ちゅうや》逆転の生活を送っている塚原からすれば、昼間でも朝風呂みたいなものだ。雫《しずく》が垂《た》れるほどではないが、濡れて艶《つや》やかな黒髪が額《ひたい》を覆《おお》っている。

髪を掻《か》き上《あ》げる男の指に、本名はまたしても心がざわつきそうになる自分を感じ、窓の向こうに目線を向けた。

「皆川《みながわ》さんに来てもらえばよかったんだけど、携帯繋《つな》がらなくてさ。この辺、圏外《けんがい》が多すぎるな。ここも山側に歩くと通じないし……」

今日は皆川は聞き込みに出てくれていた。一応地元の和歌山《わかやま》県民であり、交流好きだからなにか得られるかもしれないと、皆川が自《みずか》ら言い出したのだ。

塚原からは拍子抜《ひょうしぬ》けした声が返ってきた。

「なんだ、俺を頼ってくれたわけじゃなかったんですか」

「……そういう言い方はやめろ。そんなつもりで言ったんじゃない。徹夜明けのおまえになるべく負担をかけたくなかったからだ」

「もう時間も残されてないんですから、終わるまでずっと徹夜で構いませんよ。本名さんこそ、

「俺は私情《しじょう》で言ってるんじゃない。斉田を逃《のが》したくないから言ってるんです。元は俺が逃がしてしまったようなもんですからね。自転車で逃げたあいつの後ろ姿が、こっちは目に焼きついてんですよ」

「誤解？」

誤解しないでもらえますか」

「それを言うなら俺だって同じだ。その前に斉田の説得にしくじったのは俺なんだからな」

あの一斉摘発《いっせいてきはつ》の現場で押さえてさえいれば、こんなことにはならなかった。僅《わず》かな判断ミスが、取り返しのつかない状況へと繋《つな》がる。人一人の命さえ奪《うば》いかねない。

本名は目つきが悪いと言われる眼差《まなざ》しの据《す》わった表情で、塚原を仰《あお》ぎ見《み》た。

「けど、それがどうして皆川さんよりおまえを頼るべき理由になるんだ？」

「自分がここへ来るのがベストだと思うからですよ」

今まで自信過剰《かじょう》な男だと感じたことはないが、卑屈《ひくつ》では刑事は務まらない。

本名の追及にも、塚原はまるで臆《おく》した様子もなく、真っ直ぐに眸《ひとみ》を見返す。

「あの人の能力を疑ってんのか？　階級でか？」

「階級の問題じゃありませんよ、あの人は……」

「おまえは組織の人間のくせして、警察の仕組みも判ってないのか？」

「はい？」

「東京から和歌山への異動がどういうことか、判ってないわけじゃないんだろう？」

言葉では『異動』なんて使っているが、実際は警察官に都道府県を跨《また》いだ人事異動は存在しない。警察組織が各都道府県に隔《へだ》たれているからだ。

同じに見えても別組織。国家公務員である警察庁のキャリア以外は、採用された地域内のみでの異動を定年まで繰り返す。

他県で警察官になるということは、つまり東京の警視庁職員を辞職したということだ。

「なにか退庁《たいちょう》する理由があったってことですよね？」

眉一つ動かさずに、塚原は返した。

判るからこそ、皆川の能力を疑っているのかもしれない。

「おまえが考えるような悪い理由じゃないよ。皆川さんは優秀な刑事だった。ただ、家庭の事情で東京にはいられなくなっただけだ」

「家庭の事情？」

「ああ、脱サラして和歌山に移り住んでた親父さんが倒れてな。ちょうど警部補《けいぶほ》の昇進試験を受けてる最中だった。東京の病院に入院させることも考えたらしいけど、住み慣れた好きな土地で暮らさせてやりたいって……親孝行したかったのかもな。母親は子供のときに亡くしたらしくて、『男手一つで育ててもらったのに、仕事に就《つ》いてからほとんど連絡さえしてなかった』って零《こぼ》してたから。親父さんは二年前に亡くなったそうだ」

皆川は父親の余命《よめい》を知っていたのではないか。だからこそ、キャリアを積んだ東京を出てまで、和歌山に移り住む気になったのではないかと思った。

事情が考慮《こうりょ》されれば、『異動』は組織間で認められ、形ばかりの辞職と再受験になる。皆川の場合も警察学校などは免除《めんじょ》された。

けれど、出世において有利になることはなに一つない。むしろ不利だ。親の介護《かいご》などのやむを得ない事情は、やむを得ないから許されるのであって二度目はないし、昇進はそこで出遅れる。

「本名さんはあの人に同情してんですか？　だから腫物《はれもの》触るみたいに……」

「べつに同情じゃない。けど、世話になりっぱなしで行かれてしまったから、気にかかってはいる。パンツ洗ったぐらいじゃ返せない恩があるんだよ。おまえだって、刑事なりたての頃は、誰かにいろいろ教わっただろ」

目を逸《そ》らした男は、頭を巡《めぐ》らせるかのように一瞬沈黙した。

いるのか、いないのか。自《みずか》らの過去は明らかにしようとはせずに、塚原は返した。

「あなたはどうでも、あの人は世話をしたなんてきっと思っちゃいませんよ。惚《ほ》れた人間のためにすることは、苦《く》にもならないもんでしょ」

本名は溜め息をついた。

「まだそんなこと言ってんのか。おまえの勘ぐりはただの邪推《じゃすい》だって……」

ここへ来たばかりのときにも一蹴《いっしゅう》した。今も同じように軽く否定してしまおうとして、微《かす》かな引っかかりを覚える。

志願《しがん》してやって来た応援。廣永《ひろなが》の電話で知った事実が、ざらついて心に纏《まと》わる。

赤の他人じゃない。機会があれば手伝いたいと考える情ぐらいは、皆川だって自分に対して持っているだろう。自分だって、そうだ。

けれど何故《なぜ》、望んで来たことを皆川は話そうとはしないのか。

時間は有り余るほどにあった。

二週間、ほぼ毎日ここで顔を突き合わせていた。

「変じゃないですか?」

塚原の声に、本名は慌てて首を振った。

「いや、なにも……」

否定しようとして、男の視線が自分ではなく、いつの間にか光の入る小窓へと向けられているのに気がつく。

はっとなって隣家《りんか》を見た。さっきまで影形《かげかたち》もなかったはずの車が、細い路地に停まっている。

宅配業者のトラックだ。見慣れた光景に一見怪しげなところはないように思われたものの、エンジンをかけたままの車から降りた配達人は、ダンボールを玄関先で下ろしてなにやら書き物をしていた。

「不在票書いてますよね？」

本名の傍《かたわ》らで、窓に顔を押しつけるほどに近づけた塚原が訝《いぶか》る声で言う。本名も真剣な眼差《まなざ》しを隣家の玄関先に注《そそ》いだ。

「車はあるぞ。なんで出ないんだ？」

真帆《まほ》の赤い車はある。干したばかりの洗濯物も庭で風に揺れている。

ただ、荷物を受け取りに出る真帆の姿だけがない。たまたま手を放せないか、気づいていないだけなのか。

そう頭では理由を並べつつも、本名は隣の男と顔を見合わせた。

「塚原！」

じっとすることに慣れてしまった体だったが、反射的に動いた。

小屋を飛び出す。手足を激しく動かし、急勾配《きゅうこうばい》の坂道を転がるように走って、二人は隣の家へと急いだ。

不在票を書き終えた宅配業者は車に戻り、トラックは走り出して行った。駆け寄った玄関の磨《す》りガラス越しに覗く室内は薄暗い。本名は引き戸を叩いた。隣で塚原がチャイムを鳴らしたが、室内からの反応はなく、玄関は鍵がかかっていた。

人の気配はまるで感じられない。

真帆がこの家にいないのは、もう確実だろう。ならばどこから出たのか。二人は家の周囲を、張り込みの小屋からは死角になる裏手へ回った。

緩《ゆる》やかな山の斜面を背に建てられた一軒家に塀《へい》などはなく、境界線は茂《しげ》った雑草でジャングルのようになっている。

「本名さん」

先を行く塚原が振り返り、声をかけてきた。

風呂場に続く小さな窓は、塚原が手をかけるとからりと開いた。足元の周辺の草がやや乱れている。先は昼間でもひんやりとした冷気を感じる、日の射《さ》さない山の林の中だ。見るからに鬱蒼《うっそう》としていて足場は悪いが、土地勘のある真帆なら先の山道へ抜けられるかもしれない。

彼女が自分たちに隠れて家を抜け出す理由は、信じたくなくとも一つしかない。

「ここから出て行ったみたいですね。斉田が来たんだと思いますか？」

硬い表情で塚原が問う。

「それはないんじゃないか。斉田が初めてのこの家に山越えで来られるとは……」

僅かでも表の道を来ていれば、必ず目に留まる一本道だ。

「じゃあ彼女、自分から……斉田の居所が判ったんですかね？」

——どうやって？

真帆の携帯電話への着信は、リアルタイムではないがチェックしている。真帆自身がそれを許可したのだ。

頭を巡らせる。変わりないとばかり思って見ていた景色の数々。今日真帆の姿を見たのは、洗濯物を干していた一時間ほど前が最後だ。

その前といったら――

「午前中、郵便が来てた」

本名は思い出して言った。

口にした途端、突かれたように塚原が動いた。風呂場の窓に、鉄棒《てつぼう》にでも上るみたいな動きで飛び上がって体をかける。人一人通るのがやっとの窓を越え、侵入を始めた男に驚いた。

「塚原っ、ちょっと待て！」

「ここしかたぶん窓開いてないでしょ」

「いや、おまえ、そういう問題じゃなくて……」

不法侵入だ。彼女はあくまで捜査協力をしている立場の人間で、家宅《かたく》捜索の対象になる被疑《ひぎ》者《しゃ》ではない。

「だって、ほかに手掛かりありますか？」

自分の身なら多少危険でも投《とう》じてしまう本名だが、他人の関わるルールは順守《じゅんしゅ》するほうだ。戸惑ったが、こんなときは思い切りのいい塚原の言葉が背中を押す。

なにより優先すべきなのは斉田の確保だ。

後に続いて中へ入った。古い家屋だが真帆は綺麗に暮らしているらしく、すっきりと片づいており、廊下はワックスでも塗《ぬ》られたように鈍《にぶ》く光っていた。居間にも玄関付近にも、目当ての郵便物らしきものはない。

「これ……」

居間の丸テーブルの上に残されていたのは携帯電話だ。

派手なラインストーンの光るケースのスマートフォン。電源は入っており、真帆がわざとここへ置いていったとしか思えない。

「GPSで追跡《ついせき》されないためでしょうね」

塚原の声が、シンクロしたように芽生《めば》えた考えをなぞる。

「郵便局に行ってみよう」

僅かな望みをかけ、配達業務を行《おこな》っている港近くの郵便局に向かった。

赤いバイクでいつも付近を走り回っている郵便局員は、運よく配達を終えて戻ってきたところだった。

「はい、あそこの家なら覚えてます。確かずっと空家《あきや》だったはずなのに、今日はハガキが一枚ありました」

裏口で話す若い配達員は緊張した面持《おもも》ちで応《こた》える。開き見せた警察手帳の効果は絶大《ぜつだい》だが、気弱な男は、まるで自らが逮捕、手錠《てじょう》でもかけられるかのように委縮《いしゅく》してしまっている。

「ハガキ？　書かれていた内容は覚えていますか？　差出人は誰から？」

「そ、そこまでは覚えていません。っていうか、郵便物の内容読んだりとかそういうのは俺やってないんで！」

ますます逮捕を免《まぬが》れようとする犯罪者のごとく男は声高《こわだか》になり、それから「あっ」と声を上げた。

「でもアニマルワールドの葉書でした」

「アニマルワールド？　なんで判るんですか？」

「そりゃあ、パンダの写真でしたから。公式ポストカードはマークが入ってて判るんです。それ以外は特に……文章とかそういうの、書かれてた覚えがないっていうか」

僅かな望みの繋がった先が動物園。『観光で来たんじゃない』なんて、梅農家の老婦人には言ったくせして、結局辿《たど》り着《つ》く先がパンダとはだ。

斉田は真帆をそこへ誘い出したのか。

――そんなところまで行って、もし葉書に意味などなかったらどうする。

「アニマルワールドができたのは俺らが生まれる前ですが、パンダの繁殖《はんしょく》に成功して今みたいに多頭飼育《たとうしいく》されるようになったのは、わりと最近のようです」

頭を悩ませつつ郵便局を後にした本名の背に向け、塚原が言った。

本名は訝《いぶか》しんで振り返る。『それがなんだ』と問いたげな顔をしていたに違いない。

疑問に答えるように男は言った。

「だから、島野《しまの》真帆は子パンダを見たことがないって残念がって言ってたそうですよ」

「……誰に？」

「昔、この町の同級生にです。彼女の感じからして、学生時代も純情真面目な生徒だったって風じゃないでしょ。友達もきっと同じタイプで、ここに残ってる子がいるなら、一人ぐらい夜の飲食店勤《づと》めやってるんじゃないかと思って……そしたらビンゴ」

「キャバクラか？」

「駅近くのスナックですよ。二軒しかないんで楽勝でした。友達って言っても、彼女が上京してから一度も会ってないそうなんですけどね。どうです？　パンダに興味あったなら、斉田にだって思い出話のついでに語ったっておかしくないでしょ」

島野真帆ははすっぱな上に斜《しゃ》に構えた女だが、ああ見えて可愛い物好きであることは車のぬいぐるみからも判る。

できれば彼女を連れて行ってやりたい。一緒に行きたいと思うのが、惚《ほ》れた男の気持ちだろう。

「緊急配備《はいび》、要請《ようせい》しますか？」

海を吹き抜けてくる風が、海岸沿いの道に立ち止まる本名の髪を撫《な》でた。迷う間も刻一刻《こくいっこく》と時が過ぎているのを示すように、規則正しい動きで小刻《こきざ》みに揺れる。

緊急配備をかければ、たちまち動物園には警官が大挙《たいきょ》して押しかけ、周辺道路は検問《けんもん》が敷《し》かれる。指名手配犯の斉田は、見つけ次第身柄を確保。その場で逮捕され、真帆とは引き離されて終わりだ。

斉田を庇《かば》うつもりも、二人の再会を後押しするつもりも毛頭《もうとう》ない。

ただ、彼女の更生《こうせい》を願う気持ちが嘘だったとは思えない。

それだけが、本名の中で崖《がけ》っぷちにぶらさがるように引っかかっていた。

「……まだだ。まだ、彼女が斉田と逃走する気でいるとは限らない」

塚原は反論しなかった。

同じ考えでいるのかは確認するまでもない気がした。ちらと目を合わせただけで、互いの意志は固まる。

「行くぞ」

本名は再び背を向け、近くに停車中の車まで歩き出そうとして勢いを削《そ》がれた。

「通行止めですよ」

「はっ？」

「だから、立て籠もり事件で国道封鎖《ふうさ》」

すっかり忘れていたが、この町では長閑な日常を覆《くつがえ》す大事件が勃発《ぼっぱつ》しているところだった。

「電車は？」

「この時間、一時間に一本です」

「はっ⁉」

「さっき、本名さんが局員と話してる間に調べたんで間違いありませんよ」

想像以上に田舎《いなか》だ。二週間滞在した町をまだ本名は理解していなかった。いかに梅干しが美《お》味《い》しくとも、過疎化《かそか》もじわりと進む町では電車が満員御礼《おんれい》で増発《ぞうはつ》されたりはしない。

「最短でパンダのところに行く方法はなんだ⁉」

「あれ、ですかね」

「あれって……」

男の指差した方角は海だ。

空にはカモメ、光る海には——

堤防《ていぼう》には、係留《けいりゅう》された漁船がゆらゆらと上下に白い船体を揺らしていた。


「おまえはやっぱりよく判らねぇ奴だな」

ゴゴゴとなにか底でも擦《こす》るようなエンジン音を立てて海上を進む船の上で、本名は感心だか愚痴《ぐち》だか判らない言葉を漏《も》らした。

船には二人しかいない。

漁船を操舵《そうだ》しているのは塚原だ。船の近くには陸揚《りくあ》げされた魚を干す婦人たちしかおらず、漁師はみな漁《りょう》を終えて飲みに行ったと聞いて絶望しかけた。そこへ、自分が船を出すと塚原が言い出したのだ。

船舶《せんぱく》免許を持っているなんて、今の今まで知らなかった。

「惚れ直します?」

操舵室で窓越しの陽光を浴び、ニッとわざとらしく白い歯を煌《きら》めかせる男に、本名はむっと目を据《す》わらせる。

「誰がそんなこと言った。ふざけるな」

強い口調でばっさり返したが、不覚にも頼もしいと思ってしまったのは事実だ。

白波を青い海に立てる船は、湾を突っ切って最短の道なき道を突き進む。

すべてが白く眩《まぶ》しい。秋とは思えない光。眩《まばゆ》いその先に斉田と真帆はいてくれるのか。

対岸に辿り着けば、そこはもう白浜《しらはま》だった。

和歌山のリゾート地とも言える白浜で、観光の目玉となるアニマルワールドは空港も海へも近い。港からはタクシーで目指した。

単なる動物園ではなく、敷地内に遊園地も保有《ほゆう》した一大テーマパークは全国からの集客を見込んだ施設で、当然ながら敷地も広大《こうだい》で入場客も多かった。

やや場違いな張り込み用のツナギ服の二人は、入り口で園内マップを手にした。ゲートを潜《くぐ》った瞬間から、右も左も判らない途方に暮れる空間が広がっていたが、パンダゾーンだけは例外的な扱《あつか》いだ。

そこら中に、パンダの居所《いどころ》を示す案内板が出ている。それを確認しながら、本名と塚原は和気藹々《わきあいあい》と客たちが練り歩く園内を疾走《しっそう》した。

「パンダ、様様《さまさま》だな。俺はあんな『作り込んだ垂れ目《ため》』みたいな動物は胡散臭《うさんくさ》くて好きになれねぇけど！」

「まぁ、じっと見てると着ぐるみ着たオッサンに見えなくもないですけどね！」

冗談めいたことを言い合いながらも、表情は硬いまま、互いに笑う気にはなれなかった。

午後三時、日の光は西へと傾いている。

真帆が何時に家を出たのかは判らない。洗濯物を干す姿を目撃したのは十一時前。徒歩で山を過《よ》ぎって電車で移動したとしても、ここへはかなり前に到着したはずだ。

足を動かすスピードを緩《ゆる》めようとは思わないが、留《とど》まっている可能性がゼロに等しいのは判っていた。

パンダゾーンは一際《ひときわ》人が多かった。

いくつかある運動場は、パンダと直接触れ合えこそしないが、柵《さく》は低く開放的な作りだ。中を見る余裕などない本名の目にも、白黒のツートン柄《がら》は飛び込んでくる。

マイペースに笹《ささ》を食い、ブランコに寝そべって惰眠《だみん》を貪《むさぼ》り、およそ生物としての緊張感があるようには見えないパンダたちを前に、カメラを構えたり、はしゃいだりしている人垣《ひとがき》を二人は確認して回った。

ぐるりと一通り見終え、本名は駆け寄ってきた塚原に指示した。

「座れるところだ！　ここから近い、休憩所やカフェ！　ベンチ！」

言い終えるより早く塚原が園内マップを開き、本名は近辺のコーヒーカップのマークの入った場所を指差す。

すぐに移動を開始した。近場からしらみ潰《つぶ》しに攻めていくつもりで、とりあえず選んだ店に入ろうとしてはっとなった。

「本名さん」

「……ああ」

近くの噴水の傍《そば》のベンチに、真帆の姿があった。

長い髪を一纏《ひとまと》めに結んでいるが、白いニットにスキニーパンツの彼女は、特に変装したりはしていない。隣の男だけが、キャップ帽を目深《まぶか》に被《かぶ》り、俯《うつむ》き加減に座っている。

一斉摘発のあの日以来、初めて見る斉田の姿。灰色のトレーナーにジーンズの男は、苦難《くなん》の逃亡生活を匂わせるほどくたびれて見えた。

「それ、ください」

本名は近くのスタンドで販売していた風船をおもむろに購入した。大きな銀色のバルーンは、顔を隠すにはちょうどいい。ふわふわ浮かぶバルーンで傘《かさ》のように視線を遮《さえぎ》りながら、二人とはほんの僅かしか離れていない距離の隣のベンチへと腰を下ろす。

塚原は斉田の背後へと回った。

いつでも飛びつける、身柄の拘束《こうそく》できる位置だ。

二人の会話に全神経を集中させる。久しぶりの逢瀬《おうせ》にものん気にはしゃぐところのない真帆と斉田は、気を揉《も》むほど長い間沈黙を続け、ただ楽しげな客たちばかりがその前を行き交った。

「……まあちゃんは判ってないんだよ。さっきからなにも判ってない」

ようやく口を開いた斉田は、そんな言葉を口にした。

ずっと出口のない会話を二人で繰り返していたことを匂わせる言葉。

「俺にはもう後がないんだ。なんで判ってくんないかな。一度臭《くさ》い飯食ってんだよ。今度また捕まったら、本当に一年や二年じゃ戻れないんだって」

深く俯いた男は、地面に向けぽつりぽつりと弱音を漏らした。真帆はそんなことは今更判っているとばかりに溜め息を零す。

「それで、ずっと日陰を逃げ回って暮らすの？　おばあちゃんの家の縁側《えんがわ》で寝転がりたいんじゃなかったの？　日向《ひなた》ぼっこしたいって私に言ったじゃない」

「それは……しょうがないんだもう」

「しょうがないで諦《あきら》めるの？　繁《しげる》っていっつもそうだね。しょうがないからクスリなんて売って、しょうがないからそれ盗んじゃって、しょうがないから遠くに逃げて……」

「もうやっちまったもんはしょうがないんだよ。だっておまえ、俺が十年ムショ入っても、待ってくれるっていうのかよっ！」

人目を憚《はばか》ってぼそぼそと話していた斉田が、急に感情的に声を荒げる。責める声は、本名の耳にはそうとは取れなかった。

真帆が肯定《こうてい》してくれるのを期待する男の弱さが、どこか縋《すが》りつくみたいな声音から伝わってくる。

真帆がどんな表情でそれを聞いたのか判らない。

「待たない」

ただきっぱりと返す声だけが響いた。

「待てるわけないでしょ、そんな長い間」

「まあちゃん……」

「じっと待ってられない。だから私さ、引っ越そうと思うんだ」

「え……？」

「こっちに住もうと思って、必要なもの揃《そろ》えてるとこ。あっちの家は、ヤクザ来るかもしれないんでしょ？　怖いから戻りたくないし、なんか東京……もういいかなって」

真帆は、きらきらと楽しげな人の行き交う園内を見つめて言った。過疎も進む田舎町の近くとは思えない人混みは、東京での日常を本名の目にも呼び起こさせる。

「こっちで仕事探してみるよ。おばあちゃんの家、誰も住まなかったらどんどん傷《いた》んでしまうし、十年も縁側持たないもん」

「十年って……」

「和歌山に着いてすぐにね、親戚の家に挨拶《あいさつ》に行ったんだ。住みたいなら、住んでもいいって。だから、いつか今付き合ってる人も一緒に暮らしたいって考えてるって言っておいた」

顔を起こした斉田は彼女の顔をじっと見る。

「で、でも、犯罪者なんて言ってないんだろ？　俺みたいな奴、受け入れてもらえるわけ……」

「だから、十年くらい待っててよ。十年もあればさ、みんなだって説得できるでしょ」

『待たない』と答えた真帆は、逆に斉田に『待ってほしい』と告げた。

「まあちゃん……」

「もし認めてもらえなくて、おばあちゃんの家を残してあげられなかったら、私がシゲちゃんの縁側になるよ。だから、帰っておいで？」

男はもうなにも言わなかった。また俯いてしまった斉田は、今度は反論するのではなく、ただ黙ってその手で目の辺りを何度も拭《ぬぐ》っていた。

「行こ」

しばらくして真帆が小さく声をかけ、二人は手を繋いでベンチから立ち上がった。

警察署は盆《ぼん》と正月が一度に来たように活気づいていた。

国道沿いの飲食店の立て籠もり犯が、六時間に及ぶ籠城《ろうじょう》の末に逮捕されたのだ。その説得と投降《とうこう》の模様はテレビでも報道され、現場上空をヘリまで飛ぶなど、大変な騒ぎだったらしい。『こんな騒ぎは赴任《ふにん》してきて以来だ』なんて、生活安全刑事課長はぼやきなのか、繁盛《はんじょう》への喜びなのか判らない言葉を漏《も》らしていた。トップである署長以下、みな大わらわだ。

その陰で、真帆に説得されて出頭《しゅっとう》した斉田が、ひっそりとこの警察署へ移された。

二人が出頭に選んだのは、にしべ町の交番だった。真帆の生活する町でそうしたかったのかもしれない。いつか、この町へ戻るという決意の表れだったのかも。名残《なごり》を惜《お》しむようにアニマルワールドの白浜から電車に乗った二人の後に、本名と塚原は陰から続いた。

借りた取調室で斉田と対面した。真帆の説得のおかげで、斉田は取り乱すこともなく調べに応じ、逃走してからの生活についてぽつりぽつりと語った。真帆が釈放《しゃくほう》されてすぐににしべ町へは来たものの、警察の張り込みを恐れて和歌山市内へ逃げ、ずっと潜伏《せんぷく》していたらしい。

張り込みに勘づいたきっかけは、にしべ町の駅だ。主婦たちが電車待ちのベンチで、ドラマの『片棒』のロケが来ているらしいと話すのを聞いて、不審に思ったとか。

人の口に戸は立てられないだけでなく、回る噂は伝言ゲームだ。盛大《せいだい》な尾《お》ひれと、もたらした結果に、本名は引《ひ》き攣《つ》りそうな表情を抑《おさ》えるのに一苦労した。

とりあえずの取調べが終わるのに、数時間を要した。

気づけば騒がしかった警察署は落ち着きを見せ、表は暗くなっていた。

「飲む？」

本名が缶コーヒーを差し出したのは、警察署の入り口のロビーにある長椅子だ。

真帆は特に驚いた顔も見せずに受け取った。

「ありがと」

隣へと本名はそっと腰を下ろす。プシュッと音を鳴らして小さなコーヒー缶のプルトップを押し上げたが、真帆は両手で握り締めたまま開けようともしない。

真帆の視線の先では、カウンターでキシュウくんのぬいぐるみがずっと笑顔を振《ふ》り撒《ま》いている。けれど、白い犬のぬいぐるみなんて彼女の目には入ってもいないのだろう。

「島野《しまの》さん、大丈夫……」

「これでよかったのよね？」

声をかけようとすると、前を向いたまま彼女は言葉を発した。

「……なぁんて、刑事さんに聞いても『間違い』なんて言うわけないか。どう？　繁が捕まってほっとした？」

皮肉めいたことを言う彼女に、一瞬本名はなんと返していいのか判らなかった。斉田の逮捕で事件が一段落し、安堵《あんど》していないと言ったら嘘になる。

いいかげんなことは言いたくない。本名の誠意ゆえのまごつきに、真帆はふっと唇を歪《ゆが》ませて笑った。

「ありがとう。あいつにチャンスをくれて」

「え……」

微かな笑みを湛《たた》えたままの表情で、真帆はこちらを見た。

「自首させてくれたでしょう?」

「……気づいてたのか」

なにかと察しのいい彼女だ。どの時点からか知らないが、傍に来ているのに勘づいていたらしい。

「気づいてないと思ってたんだ? あんだけ目立ってたのに。男二人でペアルックでパンダ見に来る人なんて、そうそういないでしょ」

「ペアルック?」

なにを言い出すのかと思った。自分の服を見下ろしてみて初めて、その意味するところに気がつく。

「ぺ、ペアじゃない、これは作業服だ! ほら見てくれ、ただのツナギ!」

ウエストの辺りを摘《つ》まんで引っ張って見せれば、本名の慌てようがよほどおかしかったのか、真帆は吹き出して笑った。

「ハートの風船まで持ってるから、デートっぽかったわよ」

からかうようにそんなことまで言い出す。身を隠そうと咄嗟《とっさ》に購入したバルーンが銀色だったのは覚えているが、どんな形をしていたのかまでは記憶にない。

ペアルックにしか見えない服を着て、ハートのバルーンを手にテーマパークを男二人で闊歩《かっぽ》。確かに、どこからどう見てもゲイのカップルだ。尾行中の刑事なんて、誰が思ってくれるだろう。思われても困るけれど。

今更現実を知り、本名は頭を抱えたい気分に駆られる。

「刑事さん、今度はお休みのときに行けるといいわね」

「あ、まぁ……」

塚原とデートに見えたという事実が衝撃的すぎ、真帆の言葉に含みがあるのも気づかないまま応える。過ぎたこと、事件解決したのだから取るに足りないことだ。そう割り切るのに、コーヒー二口分ほどかかった。

「なんか……刑事さんも案外抜けたとこあんのね」

「完璧な人間なんていないよ」

「そうね」

「完璧に駄目な人間もいない」

本名の続けた言葉に、真帆は少しの間沈黙してから、もう一度「そうね」と応えた。微かに頷いた彼女の眸《ひとみ》が、ロビーの明かりの下で、うっすらと鈍い光の膜《まく》を張って見えた。

そっと視線を外してキシュウくんを見た本名に、真帆は言った。

「さぁ、私はそろそろ帰らなきゃ」

「家まで送るよ。車出してもらう」

彼女は首を横に振り、手の中の缶コーヒーを景気づけのようにプシュッと開けながら応えた。

「いらない。今夜はゆっくり歩いて帰りたい気分なの」


コーヒーを飲み終えた彼女は小さなバッグをぶらぶらと揺らしながら、警察署から月夜の道へと出て行った。

一人で歩き出す後ろ姿。その背を遠退《とおの》くまで見送った本名は、空《から》のコーヒー缶を手に、煙草でも吸おうと建物の角を回った。駐車場を過《よ》ぎって向かったのは、二週間前にこっそりと喫煙《きつえん》場所にしたあの裏口だ。

一斉摘発に始まった斉田の事件は終わりが見えてきた。持ち逃げの麻薬も荷物から押収《おうしゅう》でき、最良の形で解決へと向かっている。

けれど、今の本名はどこか心にぽっかりと空洞《くうどう》が空《あ》いたような気分だった。

時々、事件解決を前にしてこんな感覚に陥《おちい》ることがある。ずっと頭を占《し》めていた事件から解放され、ほっとしているはずなのに喪失感《そうしつかん》を覚える。犯人について考え続けるあまり、彼らの人生の一部が自分に染《し》みついたようになり、引き剝《ひ》がされて再び赤の他人へと戻って行くのが寂しいのかもしれない。

真帆の後ろ姿に一層《いっそう》それを感じた。

彼らの行く末に幸せが待っていてほしいと、斉田が被疑者であるにもかかわらず願ってしまった。

「刑事失格、かもな」

本名は歩きながら煙草のフィルターを口に挟む。ライターを点火すると同時に深く息を吸い込めば、赤い炎がぽっと小さく先に灯《とも》った。

自首という形に後悔はしていない。けれど、張り込みを共にしてくれていた皆川や、交番からの応援の警官たちに対しては申し訳なく感じていた。動物園へ向かう時点で知らせれば、皆川だって急行できた。

煙をゆるゆると吐きながらそんなことに思いを馳《は》せる本名は、当の皆川の声が聞こえてきてはっとなる。

「おまえに謝られる理由もないけどねぇ」

裏口にはすでに先客がいた。非常階段の明かりを受け、ドアにもたれて煙草を吸う皆川と、印象的なブルーのツナギ姿の男。

塚原だった。

二人でなんの話をしているのかと、思わず本名は足を止め、近くに駐車中のワンボックスカーの陰に身を潜ませた。人を食ったような物言いで話す皆川に、塚原は不機嫌を露《あら》わにするでもなく応える。

「けど、俺はあなたが県警に移った理由を知らずにいましたからね。あなたを誤解していたかもしれません」

「べつに大して失礼なこと言っちゃいないだろ」

どうやら、皆川の異動に関しての話らしい。

隠れる必要もないだろうと、足を踏み出そうとした瞬間だ。苦笑いを零《こぼ》す皆川が口にした言葉が、本名の身を再び硬化させた。

「それに、あいつのことはおまえの勘が当たってたんだしな。刑事の勘ってやつか？　さすが鋭いな」

「からかわないでください」

「ははっ、ちっと外れてたしな」

「外れる？」

「もうとっくに終わってるんだよ。確かに俺は映視《えいし》に惚《ほ》れてた。けど、和歌山に行くと決めたときにな、すっぱり諦めた」

本名は動けなかった。けれど、強い風に攫《さら》われたみたいに心が一瞬で錐揉《きりも》みになる一方、どこか落ち着いている自分もいた。

ここへ来た理由を明かそうとせず、はぐらかしていた皆川。ずっと引っかかっていた。

「どういうことですか？」

塚原の問いに、皆川は淀《よど》みなく応える。

「俺はもう二度と東京には戻れないし、あいつも東京を出ることはない。絶対にな。警察組織の仕組みがそうなってんだよ」

都道府県を跨《また》いで異動するために辞職という形まで必要とするからには、二度目はない。

父親を亡くしてなお、皆川はもうここに留《とど》まるしかないのだ。それだけの覚悟をして選んだ道――

「そんなに割り切れるもんですか？」

「定年まであと何年あると思ってんだよ。刑事の忙しさは身をもって知ってるだろ？ 遠距離恋愛なんて生易《なまやさ》しいもんじゃないし、そもそもあいつのほうは俺に気があったわけじゃないし？」

一呼吸置いた皆川の吸い差しの先が、淡い暗がりの中で赤く灯った。仰《あお》いだ頭上に向けて煙を吐きながら、皮肉めかして言う。

「おまえが羨《うらや》ましいし、憎たらしいねぇ。あいつは落ちないもんだと思ってた。ほら、ゲーセンのクレーンゲームなんかでさ、いかにもすぐ落ちそうなんだけど絶対に落ちないっていう、サクラみたいな景品あんだろ？　映視ってあんな感じ」

「相変わらず奇抜《きばつ》なたとえですね。あの人は簡単に落ちてきたわけじゃありませんよ。今だって、俺は手にできてるのかどうか……」

「やめてくれ、弱気のおまえを励《はげ》ますほど俺はお人よしじゃない。それとも、遠回しに惚気《のろけ》てんのか？」

「違いますよ。そう思えるなら嫉妬で目と耳が曇《くも》ってんです」

「ふん、まぁいいや。俺は相手が男でも女でも、抱けない奴とは付き合えない。遠く離れてまで思ってられるほどロマンティストじゃないし、強くもない。寂しいのは嫌だからねぇ」

軽口ではない気がした。バツイチになって寂しいと、あの頃も冗談交じりとはいえ皆川は繰《く》り返《かえ》し言っていた。

「おまえは？　もしそうなっても追いかけるのか？」

真正面から言葉を受け止めるように、塚原は傍《かたわ》らに身じろぎもせずに立っている。

出した答えも、その立ち姿と同じく淀《よど》みはなかった。

「ええ、俺は行けるとこまで行きますよ」

「……青春だな。今時のアラサーは若いな」

「だって、わざわざ壊れる前に壊す必要ないでしょ。絶対に壊れないって言い切れるものなんて、この世にそうはないんだし。だからこそ、とりあえず行けるとこまでやってみればいいって思うんですよ。その過程でダメになったり、冷めたら冷めたで踏ん切りつくじゃないですか」

何故《なぜ》躊躇するのか判らないと塚原は言う。

いつも飄々《ひょうひょう》としていて、なにを考えているのか今一つ判らない男。

塚原に熱い一面があることを、本名はもう知っている。

「ふうん……やっぱり若いよ、おまえ」

嫌みにしては力の籠《こ》もらない声で皆川は返し、煙草を深く吸った。ズボンのポケットからアルミケースの携帯灰皿を取り出し、長くなった灰を落とす。

ぽんと指で煙草を叩くと、ふと思い出したような声音で塚原に尋ねた。

「ああ、そういえば、おまえに一つだけ確認したいことがあったんだった」

「なんですか?」

「おまえ、あいつに灰皿やった?」

「灰皿?」

なんのことやらぴんとこなかったらしい男が首を捻《ひね》る。その一言だけで、すべての意味を把《は》握《あく》できたのは車の陰の本名のほうだ。

よくも悪くも傍観者《ぼうかんしゃ》となって聞いているだけのはずが、一気に青ざめる。

「だからさ、こういうやつ……」

そろりと身を乗り出して窺《うかが》えば、携帯灰皿を掲《かか》げ見《み》せている皆川が目に入り、思わず「わっ」と声を上げてしまった。

先に目が合ったのは塚原と皆川のどちらだったのか。夜の駐車場に響いた微かな声は思いのほかよく通り、裏口の前の二人は揃って視線を向けてきた。


結局、本名《ほんな》が裏口で吸おうとした煙草《たばこ》は灰の伸びるまま、燃やしただけだった。

これ以上にない気まずい思いで姿を現わした本名だったが、皆川《みながわ》のほうは自身の想いについて、『昔のことだ』と笑い飛ばした。皆川が明るく普段どおりに振る舞ってくれたおかげで、思い出話として収まった感じだった。

塚原《つかはら》はなにも言わなかった。ちょうど廣永《ひろなが》から携帯電話に連絡が入り、うやむやになったのもある。

「係長がとりあえず今夜はゆっくり休めって。明日は早くなりそうだしな」

警察署を出て帰路《きろ》についた本名は、隣のツナギ服の男に『とりあえず』伝言する。

明日は斉田《さいた》を東京まで護送《ごそう》する必要がある。いくつかの方法を廣永と話し合ったが、結局陸《りく》路《ろ》を元来た車で移動するのが手っ取り早いということになり、帰りもまた十時間の長旅だ。

そしてその車は今は港近くに置きっ放しだ。警察署は立て籠《たこ》もり犯の一件で皆忙しそうにしているから、結局本名たちも真帆と同じく月夜を徒歩と電車で帰る羽目《はめ》になった。

ツナギ服の男が二人。さすがにここではペアルックなんぞには見えやしないだろうと思いつつも、微妙な距離と緊張感を保つ。

緊張のほうは、服以外の理由によるところが大きい。

「皆川さんは？」

本名が問うと、塚原は応《こた》える。

「飲んで帰るそうです。張り込み終わったから」

「ふうん」

本名が沈黙すると、塚原も黙る。

事件解決後の清々《すがすが》しさどころか、この微妙な空気感といったらどうだ。

廣永の電話を受けている間に、またなにか二人の間で会話があったのか。問《と》い質《ただ》す勇気は今の本名にはない。皆川が自分に好意を寄せてくれていたこともだが、塚原との関係がまるで周知の事実のように知られていたことも衝撃だった。

元々酒は好きな皆川だが、張り込みから解放された途端に飲みに行くなんて言い出したのは、立ち聞きしたせいかもしれない。

「タクシー待ったほうが早いかもな」

程近い駅の赤い三角屋根が月明かりに見えてきたものの、辿《たど》り着《つ》いても電車がすぐに来るとは限らないのを思い出した。

まだ八時半だ。さすがに最終は迎えていないだろうけれど、本数は判らない。

車の姿も少ない国道にかかった横断歩道を渡ろうとして、信号待ちで立ち止まった二人は口を開いた。

「あの」

「なんだよ?」

散々《さんざん》今までに沈黙の間があったにもかかわらず、タイミングは同時だった。

「本名さん、お先にどうぞ」

「気になるから先に言え」

命令口調で先を譲《ゆず》ると、逆らうこともなく塚原は口を開いた。

「皆川さんが言ってた灰皿のことなんですけど……」

「やっぱり俺から言わせろ」

咄嗟《とっさ》に強引に遮《さえぎ》ってしまい、不服そうな目をした男に『年功序列《ねんこうじょれつ》だ』と言い切る。

あんなたかだかパチンコの景品の灰皿を、後生《ごしょう》大事にしているなんて知られるのは避《さ》けたい。皆川に感づかれていただけでも、恥ずかしくてどうにかなりそうだ。

「塚原、悪かったな。皆川さんのこと、おまえが正解だったみたいで」

一応言っておかねばならないだろうと、本名は思っていた。

「べつに謝ることじゃないです。あの人は告白もしてなかったんだし、本名さんじゃなくても気づきませんよ」

「けど……」

「それより、今日はすみませんでした」

「え？」

「張り込みの最中に私情《しじょう》挟《はさ》んでしまって。危うく彼女がいないことに気づかないところでしたから」

「それは俺も同罪だろ。おまえが宅配に気づいたからよかったようなもんで……」

互いに譲《ゆず》り合うように謝る。相変わらずぎこちないけれど、今はこんな時間も悪くないと思えた。

照れ臭い。気恥ずかしさを少しだけ心地よく感じるなんて、これが恋なのかもしれない。上《う》手《ま》いやり方はやっぱり浮かばないけれど。

信号が青へと変わる。再び歩き出す瞬間、隣を歩く男の手が偶然軽く本名の手を掠《かす》めた。

それだけのことなのに、ほんのりと覚えた熱に言葉は零《こぼ》れた。

「塚原」

「はい？」

「今日な、飯の後、時間作れ」

ちらとこちらを見た男は、情報の少ない言葉に訝《いぶか》しげな顔をする。

「明日の件ですか？　何時頃出発したらいいですかね。あんまり早いようなら、警察署に連絡しておかないと斉田も起きてないでしょ」

本名ははぐらかされたのかと、一瞬むっと口を噤《つぐ》んだ。けれど、ぽかんとした隣の顔に、そうではないと判《わか》って告げる。

「おまえな、そういう話じゃないだろ。この流れで空気読め」

「空気って……」

「東京帰ったらまた忙しくなるし、斉田を確保したらって約束だったろ」

塚原が顔色を変える前に、本名は足早になった。

その表情を見たら、恥ずかしさに否定してしまいかねない。

心地よく感じるには、照れ臭さはほんの少しでよかった。


「その気にならねぇなら、べつに無理しなくていいぞ？」

風呂にも入ってようやく寛《くつろ》げたのは十時も回った頃だ。二週間の間にすっかり馴染《なじ》んだ和室に敷いた布団の上で、本名はややぶっきらぼうな口調で言った。

部屋に置かれていたがずっと使うこともなかった浴衣《ゆかた》は、着替えると張り詰めた日々から解放されてリラックスムードになる。

とはいえ、べつの意味で体は力が籠《こ》もった。

問いかけた本名の唇は今、向かい合う男の唇にいつ触れてもおかしくない距離にある。

食後の会議ならぬセックス。実行に移そうとして、怖気《おじけ》づいたのはどちらなのか。こんな風に向き合うと、やけに色っぽく映る口元を緩《ゆる》ませ、塚原は笑《え》んだ。

「無理なんてしてるわけないでしょ。俺は今、長年惚《ほ》れてた人から求められる幸運に戸惑う……っていうシチュエーションを幸運にも嚙《か》み締《し》めてるところなんです」

「訳わかんないこと言うな」

「シンプルですよ」

即座の返答に、本名はやや伏せ目がちに視線を落とした。

「俺はおまえと違って恋愛には慣れてないから、判らないことだらけなんだよ。正直、おまえとどうやって付き合ったらいいかも判らないし」

だから、思い切って次に進もうと腹を括《くく》っても、こんな突拍子《とっぴょうし》もない誘いになる。

重症だ。自分がこれほど恋愛下手《べた》な仕事人間に陥《おちい》っているなんて、気づいていなかった。

「本名さん……」

「女相手だって、きっとデートするってなったらどうしていいか、どこ行ったらいいのかも判らなくて俺はテンパるに決まってる。なのに男と……おまえとなんて、意識しておかしくなるに決まってるだろ」

「だから俺に冷たかったんですか？」

「べつに冷たくしてたわけじゃ……」

言い終える間もなく、唇に柔らかい感触を覚えた。やんわりと自身の唇で押《お》し潰《つぶ》して顔を離した男は、悪戯《いたずら》に成功したみたいな目で本名の眸《ひとみ》を覗き込む。

「キスしちゃえばよかったかな。こないだの朝も、こんな風に」

「え……」

「キスしようとしたに決まってるでしょ。ライター落としたなんての、本当に信じたんですか？」

「塚原、じゃあおまえっ……」

朝っぱらからからかわれた挙句《あげく》に、微妙な空気になってしまったのかと思うと、事の真相に顔色も変わる。

再び唇を重ね、塚原が言い訳した。

「判ってましたよ。本名さんが俺のこと意識してるの。男として……恋愛相手として意識してくれてるから、皆川さんの前で素《そ》っ気《け》なくなんのも。けど、俺も好きだから冷静になれないんですよ。好きだから傷つく。好きだから、あんたを取られるのが怖い」

「取られるって……そんなわけないの、もう判っただろう？」

本名の否定に、塚原は揃《そろ》いの浴衣に包んだ体で覆い被さる。まるでここに到着したときのようだ。けれど、今の本名は後ずさろうとも突っぱねようともしなかった。

「諦《あきら》めてたって、魔が差さないとは限らないでしょ。皆川さん、一緒に仕事したくてここへ来たくらいなんだから。あんな狭い小屋で、エロいツナギ着て二人きりとか」

「……は？」

ぽかんと、ちょっと拍子抜《ひょうしぬ》けした表情になってしまった。

「ツナギのどこがエロいんだ？」

用途を考えても、この世でもっとも色気のない服の一つだろうと思う。なのに突拍子もないことを言い出した男は、本名の浴衣の襟元《えりもと》に覗く鎖骨《さこつ》の辺りを指で示す。

「こう、ツナギといったらファスナー下ろして胸の谷間チラ見せしたり、定番でしょ」

「バカ、谷間なんかあるか。俺のは板だ、板！」

「膨《ふく》らんでなくても、あんたはエロい。あとツナギは繋《つな》がってるところかな。一ヵ所脱がそうと思ったら、全部脱げちゃうのが……ああ、浴衣もそうですね」

触れた指の先が、鎖骨の上からすっと下へと移動した。ファスナーでも下ろすみたいに浴衣の合わせ目を滑《すべ》り降《お》りる指に、本名は肌をざわめかせる。

空《あ》いた一方の手も体に触れてきた。探る手はやがて遠慮ない動きで本名を抱き込み、敷いた布団の上へと転がしながら深く捉《とら》える。

「……嬉しいな」

他意があるのか、思わず出てしまった一言なのか判らない。あの夜と同じ言葉に、記憶を呼び覚まされた身の奥がぞくんとなる。前より遠慮ない力で掻《か》き抱《いだ》く男は、取《と》り繕《つくろ》う必要もなくなったとばかりに圧《の》しかかった。

熱っぽい体だ。重ね合わせた腰の違和感に、本名は頬を火照《ほて》らせる。

中心のものが軽く震え、塚原がくすぐったい声を発した。

「ああ……感じちゃいました？」

「バカ……」

「さっきのは本名さんとセックスできて嬉しいって意味で……まぁ、言わなくてももう判るか」

塚原のものも熱くなっている。浴衣越しの互いのものは、まだこれからだというのにすっかり形を変えていて、軽く擦《こす》れ合《あ》うだけでもジンと疼《うず》くような官能を覚える。

唇を重ね合わせて同時に腰を揺らめかされると、もうそれだけでどうしていいか判らない。

「んっ……だ、ダメだ」

「……なにが？」

微かに笑んだ男は、戯《たわむ》れに上唇を挟んだ唇で引っ張った。ちゅっとキスで吸い上げ、捲《めく》って舌を差し入れる。

「んぅっ……」

深く淫《みだ》らな恋人同士の口づけに、本名は恐る恐る両手をその背に回してみた。ぎこちない動きは、まるで三十二歳にして初めてのセックスに挑《いど》むかのような覚束《おぼつか》なさだ。

「……あっ……はぁっ」

「本名さんって……」

恥ずかしげもなく腰を入れるときのように動かしながら、塚原がなにか言いかけた。

「……な、なに？」

「いや……やめときます」

「なん…だよ、気になる…だろっ……」

「なんか……その、身持ちの硬い処女みたいだなって」

背に回した手を拳《こぶし》に変え、浴衣を引っ摑んでその身を剝《は》がそうとすると、すかさず体重をかけて押さえ込まれた。

「いい意味でですよ？」

「しょっ、処女にいい意味も悪い意味もあるか……俺は男だぞ」

「判ってますって、男は俺が最初だから嬉しいって意味です」

「……だったらそう言え」

言われても、『初めての男』なんて受け入れがたい言葉に思えたけれど、今は考えを纏《まと》める余裕がない。

浴衣の藍色《あいいろ》の帯に手をかけた男は、するするとそれを解《と》いた。現われた胸に谷間はもちろんない。あるのは日頃の鍛錬《たんれん》でバランスよく綺麗に張った胸筋《きょうきん》だけだ。細身のボクサーのように締まっている。

「……相変わらずエロい体ですね」

見つめる塚原は溜め息でもつきそうな声で言う。ゲイであるのを隠す必要はもうないからか、明白な欲望を滲《にじ》ませた声だ。

「おまえ……こういうのがいいのか？」

「ん……好き」

素直な反応にドキリとしてしまった。

浴衣の内に手が滑り入る。両脇を抱えるように撫で上げる手のひら。胸元に落ちた唇は、薄く張った皮膚を摩《さす》るような動きで、色づいた場所を刺激し始めた。真ん中の小さな尖《とが》りを舌先で弾《はじ》かれると、中心の膨《ふく》らんだ腰が無意識にくねる。

「んんっ、う…あっ……」

ちゅっちゅっと淡い乳暈《にゅううん》ごと唇に含んで吸われる度《たび》、抑《おさ》えきれない声が零れた。

女のような膨らみもなく、細身ながらも硬い筋肉の張った体だ。なのにそんな場所が無防備にも感じることに、塚原に触れられるまで知らなかった。

「……気持ちいい？」

戸惑って反射的に押《お》し退《の》けようとした本名の手を取り、敷布団へ押さえ込んだ塚原は、思う様に唇や舌を使って愛撫《あいぶ》を施《ほどこ》す。

「……あぅ…ぅ、あ…っ……」

本名はビクビクと体を弾《はず》ませて、乳首が感じてならないのを知らせた。

湧いた甘い痺《しび》れは疼きに変わり、体のそこかしこへと飛び散る。

「ん…っ……は…ぁっ……」

吐息は口づけで塚原に吸い取られた。

重ねた唇を押し開き、歯列《しれつ》を抉《こ》じ開《あ》けて、塚原は舌先を滑り込ませる。本名はおずおずとした動きで、濡れた互いの舌をからませ合った。

昂ぶる腰を押し上げるように動かされる度に、「んっ、んっ」と鼻にかかった呻《うめ》きが零れる。ジンと広がっていく快感には本名も逆らえない。仕事中毒の刑事なのは否《いな》めないが、不感症ではなかった。自然に腰を揺らめかせて、一緒になって快楽を追う。

やがて指をかけて下ろされたグレーの下着は色を変えるほど湿《しめ》りを帯《お》びていて、剝《む》かれると同時に、先走りに濡れた性器が勢いよく飛び出した。

「つ、塚原…っ……」

思わず呼んだ声が、情けなく震えていて余計に恥ずかしい。迫力をなくした眸で見つめても、返って来るのはうっとりとした視線と甘い声だ。

「……感じてくれるの、嬉しいですよ」

「あっ、はぁっ…ん……」

あの晩のように元気に育ったものを刺激されながら、乳首を弄《いじ》られると体が蕩《とろ》ける。

塚原の手の中で性器はビクビクと揺れて撓《しな》った。

見下ろす男の眸は、潤《うる》んだように光って見え、黒くて綺麗だと思った。吐息をつきながら仰《あお》ぐ本名の眼差しに、低く掠れた声を塚原は放つ。

「……本名さん、うつ伏せになれますか」

くたりと伸びた身に手をかけられ、されるがままに敷布団に伏せた。

背後から回ってきた手が、また乳首を捉《とら》える。右も左も。摘まんで弄《いじ》られ、赤くなった尖りを扱《しご》くように指は動いた。

「い、や……んっ、んん…っ……」

子供みたいなむずかる声を上げて頭を振る本名の耳元に、塚原は囁きかけた。

「ちょっと、待っててもらえますか」

背中が寒くなる。不意に離れた男は、なにかを求めて部屋の隅へ行ったようだ。

携帯電話でも鳴ったのか。本名はよく判らないまま、放り出されて火照る体を持て余す。

乳首がジンジンと熱い。勃《た》ち上《あ》がった性器も、シーツに触れるだけで疼きが広がる。これ以上焦《じ》らされたら、自ら体を揺すって擦《こす》りつけそうだというタイミングで、塚原は戻ってきた。

「待たせてすみません」

謝りながらも、くすりと男が笑った気がした。背後を窺《うかが》おうとした本名は、するりと裾《すそ》から浴衣を尻までたくし上げられて、塚原の意図《いと》することが判った。

戸惑う本名の腰を抱き、塚原は上向きに掲《かか》げるよう膝《ひざ》を起こさせる。

「あ、ちょっと、塚原……」

「一応確認しときますけど、今日は素股《すまた》じゃなくていいんですよね？」

今更、最後まではナシなんてせこいことを言うつもりはない。

「けど、こんな恰好《かっこう》……」

「こっちのほうが楽だから。本名さん、初めてだから少しでも楽なほうがいいでしょ？」

「それは、そう…だけど……ら、楽って本当に？」

「うん、本当」

邪気《じゃき》のなさそうな声で塚原は応えた。

信じたのは塚原が嘘のない男だからでなく、本名が素直だからだ。

「……力抜いて、準備するから」

耳元に吹きかけるように低く囁かれてぞくりとなる。身を強張《こわば》らせてどうにか姿勢を保っていると、室温よりやや冷たいものがとろりと剝き出しの尻の狭間《はざま》に垂《た》らされた。

「なっ、なに？」

「ただの潤滑剤《じゅんかつざい》ですよ」

「ただのって……なんっ…で、そんなの持ってるんだ？」

「買ったからでしょ」

本名の求める答えにはなっていない。

けれど、意味するところは察した。そういえば警察署から帰る途中に、塚原はドラッグストアに寄りたいと言い出したのだ。もう明日には帰るのだけれど、なにか生活用品でも欲しいのだろうとまったく気に留めていなかった。あれは、自分が食後の誘いをした後だ。

こんな準備を店でしていたのかと思うと、恥ずかしい。

いい年して気づかずにいた自分も、鈍くて恥ずかしいったらない。

なにも言葉にはしていないのに、見透《みす》かした男が言う。

「本名さんのそういうとこ、好きですよ」

「ば、馬鹿にすんな……あっ！」

不意にぬるっと尻を這《は》った指に、高い声を上げてしまった。潤滑剤とやらを塗《ぬ》り拡《ひろ》げる指は、無遠慮《ぶえんりょ》に狭間を行き交う。

下から上へ、また下へ。馴染《なじ》ませる動きで、窪《くぼ》んだところは特に念入りになぞられる。指の腹でぬるぬると恥ずかしいところを摩擦《まさつ》され、きゅんと窄《すぼ》まらせた本名は羞恥《しゅうち》のあまり身を固くした。

「力抜いてください、ほら」

「あっ……ちょっと、待っ……」

腰を抱くように回った男の手が、上向きに屹立《きつりつ》したものを包んだ。もっとも快感に敏感な場所は、男の弱点ともいえる。亀頭《きとう》を軽く擦られただけで、四肢《しし》を突っ張らせる力さえ本名は保っていられなくなった。

性器を弄《いじ》られると、シーツに突《つ》っ伏《ぷ》してしまいそうに手足ががくがくとなる。

「あっ、や……塚、原っ……」

「こないだみたいに、酒でも飲んでおいたほうがよかったかな。本名さん、結構恥ずかしがりみたいだから」

「バカなこと、言う…な……うぁ…っ」

半《なか》ば強制的に綻《ほころ》ばされた窄まりを、指はくんと押して割った。濡れそぼった綻びは、ぬめりに逆らうことなどできずに、穿《うが》つ長い指をゆっくりと飲み込んでいく。

「ん、ふ……あぅ……ん…ぅっ……」

二度目だから羞恥《しゅうち》が半減するなんてことはなかった。むしろ、訳も判らずほろ酔いのまま及んだ前回と違って、行為の意味をまざまざと感じる。

それに初めてだったにもかかわらず、しっかりと覚えてしまっていた。手や指や、肌で感じた塚原の熱さ。その形も。腿《もも》の間を生々しく行き交った雄々《おお》しい男の屹立が、鮮明に頭に呼び起こされ、本名は飲んだ指を眸を潤《うる》ませて締めつける。

「あっ……や……」

布団についた腕を震わせながら前を見た本名の目には、ざらつく黄土色《おうどいろ》の砂壁が映った。

隣の部屋に人の気配は感じられない。でも、皆川もそろそろ戻ってくる頃かもしれない。

そんな考えが頭に閃《ひらめ》いただけで、駄目だった。

「つ、塚原…っ……だめ……」

無意識に口走らせた言葉に、中を探る指があの場所を強く押し上げる。

「ああっ……」

「本名さん……こないだ上手にイケたとこ、覚えてますか?」

「……んっ……ぅん」

「覚えてるの？　覚えてない……どっち?」

「……や……」

やや強引に問う塚原に、本名は言葉にならない声を震わせるだけだ。

じっとしていても、泣きごとめいた声が零れる。まして、前立腺《ぜんりつせん》を刺激してもらうようなセックスにはまだ慣れていない。

「あぅっ……だ、ダメだ…って……あっ、あ……」

本名は強すぎる快楽から逃れようと尻をもぞつかせ、二本に増やした指を何度も抜き差ししながら、塚原はしなやかに反《そ》り返《かえ》る背に口づけてきた。

背中にまだ纏っていた浴衣を、襟元を摑んで引き剝がされる。一糸《いっし》纏わぬ姿となった上に、両腕を起こしているのが困難となった本名はシーツに突っ伏した。

高く掲げた腰を揺らす。蕩《とろ》けた性器の先から、滴《したた》るぬめりが糸を引いた。

「……たまんないな」

男を煽《あお》る扇情的《せんじょうてき》な姿だとも考えるゆとりのない本名は、塚原の漏らした言葉もよく聞いていなかった。

「そういえば……俺がどんなセックス好きか、まだちゃんと語ってませんでしたね」

「んっ……なに……？」

「意外性あるのがいいかな。いつもきっちりしてて怖そうな人が、俺の手でとろとろになっちゃうとか……実現したら、もう……」

「あ…っ……んんっ……」

根元まで押し込んだ指を一息に抜き取られ、声が上擦《うわず》る。

塚原が自ら浴衣を脱ぐ気配を背後で感じた。

「あ……」

押し当てられた熱に、眦《まなじり》がじわりと潤むような感覚を覚える。

「……俺の、入れますね」

耳にしたのは、震えそうに欲求を滲《にじ》ませた男の声。両手で左右から尻を囚《とら》われ、狭間を開かれる。たっぷりと慣らされた口に、熱い塊《かたまり》を宛《あて》がわれた。

「あぁっ……」

濡れそぼってヒクヒクと息づく場所が、塚原の形に拡《ひろ》がる。初めて知る、その質量と熱。張り出した先端を飲んでしまえば、少しは楽になると感じたのも束《つか》の間《ま》、根元まで突き込まれていく。

「……あ、あ……ううっ……」

生まれてこの方覚えたこともない、心もとない感覚。深いところを抉じ開けられて、本名はゆるゆると頭を振る。

「や……」

唇の間から漏らす息は、放つ傍《そば》からシーツに吸い込まれた。

セックスは大抵恥ずかしいものだ。こんなのは普通だと自分を納得させようとしたけれど、飲まされたものの存在感は圧倒的だった。

身じろぎもできない。限界まで開いて塚原を咥《くわ》えている場所に指を這わされ、ぬめりや開き具合を教えるようにぐるりとなぞられると、本名の中でぼろりとなにかが崩《くず》れた。

啜《すす》り泣《な》く声を上げ始めたのが、自分だとは思いたくない。

「……やばいな。どうにかなりそう」

塚原は吐息交じりの声を漏らす。

性器を入れられて、ぼろぼろと泣き出した様に興奮しているのは、中のものがますます大きくなるから判った。どくとくと脈打っている。

「……泣かせるつもりじゃなかったんだけど。俺のおっきいからキツイんでしょ？」

「おっき……とか、自分で言う…な…っ」

「まぁ……本当なんで」

「……くそ、やっぱ…もっ……」

「いきなり動かしたりしないから大丈夫ですって。ちゃんと馴染むまで我慢するし……ほら、こうやって……」

「ああっ、だめ……だって……あっ……」

「……ああ、奥のほうまできゅんきゅんしてきた。はぁ、気持ちいいな……前立腺のとこから攻めてあげますね」

優しげな声で言ってくれるけれど、内容は刺激的すぎた。

「なんでそんなっ……意地の悪いことばっか…っ……」

「うそ……苛《いじ》めてるように聞こえました？　違うんだけどな……」

急に声のトーンを落とした男は、本名の身に深く圧しかかりながら、熱っぽい声で告げる。

「もっと俺だけの本名さんが見たいだけですよ。もっと、俺だけが知ってるって……あなたは俺のだって、証《あか》しがほしい」

「こん…なことすんの、おまえだけだろ？　俺はおまえとしかこんなの……したことないし、する気もねぇ…のに…っ……」

これ以上、なにが必要だというのか。

体だけでも翻弄《ほんろう》され尽くしている本名は、開かれた身を震わせる。

「……じゃあ、名前呼んでください」

「え……」

「俺のこと、一頼《かずより》って……恋人なら呼んで。今だけでもいいから」

「そんな……急にっ……無理……」

素直に答えてしまった。身の中のものが、一瞬で凶暴に撓《しな》った気がした。

「あぁっ、ちょっ……あっ、あ…っ……」

背後から強張《こわば》るものが突き入ってくる。痛みを覚えないぎりぎりの激しさで、深々と押し込んでは抜き出される。

何度も切なく口を奥まで開けては、閉じた。塚原のもので中が擦れる。

「……やぅ……あっ、いやっ……」

「嫌なことばっかりですね。今度はっ……なにが嫌なんですか？　これも嫌？　ほら、俺のが本名さんの中、出たり入ったりして……はぁ、あっついな……きついけど、中だいぶ解《ほぐ》れてきた」

　興奮した男はうっとりとした声で言う。

　ゆっくりと抜き出すと、浅いところで腰を揺さぶる。前立腺の裏っ側に当たるらしいポイントを、嵩《かさ》の張った先端で押し上げられると溢《あふ》れそうになる。

　透明な雫《しずく》が布団のシーツへ滴り、本名は余計に男を煽り立てるだけであるのにも気づかずに、尻を振って抵抗した。

「いやだ、塚原……つかはら、そこもっ……さっきからっ……そこ、ばっか当たって……」

「……そりゃあ、当ててるから」

「塚原っ……」

「やっぱ……一頼って呼んでくれないんだ？」

　両手で腰を囚われ、ぐっと一際強く押し込まれた。ねっとりと腰をくねらせる動きで、また同じところをしつこく捏《こ》ね回《まわ》され、本名は膝が震え出すほどの官能に啜り泣く。

「つか……あっ、あっ」

　シーツについた膝がガクガクなった。

　腿まで震えて、上を向いた性器が何度も跳ね上がる。

「なっ、なに……あぁっ…！」

　瞬間、自分でもなにが起こったのか判らなかった。

びしゃりと熱いものが、腹の下のシーツを打つ。

「あっ、や……あぁ……」

「……もう、イっちゃいましたか。ちょっと意地悪し過ぎたかな」

「いじ…わるって……」

い、意地悪はまだ終わってはいなかった。尻の奥深くまで頬張《ほおば》らせたものを抜こうともせず、塚原は大きな手で本名の達したばかりの性器を包んだ。

背後から回した手で、イったばかりの性器を残酷なほどに扱き立てる。

残滓《ざんし》を搾《しぼ》り取《と》られてもなお続く快楽に、本名の理性は揉みくちゃにされた。影も形も失う。日頃ヤクザに睨《にら》みを利《き》かせている刑事であることも完全に忘れ、啜り泣いた。

「……より……一頼、もうっ……」

懇願《こんがん》して名を呼び始めた頃には、尻からぐちゅぐちゅと羞恥を煽る音がまた響いていた。

切なくて、甘く疼いて、腰がくねる。

「だめ……だって、まだ俺、終わってないですもん」

「ひ…ぁっ……」

初めてであるのに、じっくりと時間をかけて責められ、もう何度目か判らない動きで腰を入れられる本名は、声を殺すことも忘れて啜り喘《あえ》いだ。

「……もう、一緒にイク？」

問われて激しく頷く。

「愛してるとか、やっぱ言ったほうがいい？」

「いら…っ…いらなっ、あっ……」

「……いらないって言われても、言うんですけどね」

「あぁっ……」

自分の性格からして反射的に拒《こば》むことぐらい判っていただろう。

それはこの期《ご》に及んで、塚原の照れ隠しだったのかもしれない。

「映視《えいし》さん、愛してます」

背後から身を竦《すく》めるように抱きしめ、本名を押し潰しながら、塚原は言った。

ガクガクとシーツの上で腰が上下するほど揺らされ、身の奥へと彼の情熱をしっかりと深く飲み込んだ本名は、待《ま》ち侘《わ》びた放埓《ほうらつ》を許した。

「あっ、あぁ…うっ……」

熱いものが流れ込んでくる。同時に、自《みずか》らも二度目の吐精《とせい》に身を委《ゆだ》ねる。

「……俺のですね」

「一頼…っ……あっ……」

「これでもう、あんたは全部俺のものだ」

言葉にはなんの強制力もないと判っていても言わずにおれない男が、その瞬間本名はひどく愛《いと》おしく思えた。

「こんな時間に帰るなんてなぁ、本当に刑事さんは忙しいんやねぇ」

見送りに出てきた民宿の女将《おかみ》の言葉に、本名はぎこちない笑みを浮かべた。

にしべ町で話題の警視庁刑事の噂が、民宿にだけ届かないはずもない。今まで知らんふりをしてくれただけいいじゃないかと、どうにか気を取り直す。

「お世話になりました」と口々に礼を言う。スーツ姿の男三人の背後は、夜明け前で暗かった。

空気も冷える暁《あかつき》の時刻。まだ六時を回ったところだ。本名と塚原はこれから警察署へ車で斉田を迎えに行く予定で、皆川が『その前についでに駅まで送ってくれ』と言い出した。

二週間もの間世話になった宿を離れ、まだ夜間に等しい暗がりの中、車に乗り込んで駅へと向かう。順調なら五分足らずで到着する距離だ。

「皆川さん、なにもこんなに早くに出なくてもいいんじゃないですか？　ゆっくりしていけばよかったのに」

助手席の本名は、後部シートの男に声をかける。

「こっちも、そうのんびりしてられないんだよ。今本部でもデカい事件抱えててさ」

そういえば電話で話をしたとき、廣永が和歌山県警も大変そうだと話をしていた。

犯罪に休みはない。というより、警察の目を掻《か》い潜《くぐ》ろうとするのが犯罪者であるから、永遠にまとまった休みなど訪《おとず》れるはずがない。

道には車の影もほとんどなく、駅には予想より早く辿り着いた。電車は始発前ではないが、なにぶん本数が少ないので、時刻を調べて余裕を持って到着するようにしていた。

時間はある。本名はホームまで送るつもりだった。

「塚原?」

車をロータリー脇の駐車場に入れたものの、降りようとしない男に声をかける。

塚原に見送る気はなかったのかもしれない。和解したようではあるけれど、皆川とは車中で特に会話をするでもなかった。別れを惜《お》しむ様子はもちろん、打《う》ち解《と》けた空気もない。

「塚原、行くぞ」

「ああ、はい」

本名は強く求め、渋々といった顔で塚原も降りて出てきた。

「朝っぱらから遠回りさせて悪かったな」

どちらへ向けたのか判らない声を皆川はかけ、ボストンバッグ片手に駅舎に入って行く。本名と塚原も後に続き、ホームへは三人で出た。

少しの間、話をした。

「お互い、戻ったらすぐ次の仕事だな」

皆川は暗《あん》に、次の連絡はいつになるか判らないと言ったのかもしれない。特別な意味はなくとも、現実に仕事に忙殺《ぼうさつ》され、また最後にメールを送ったのはいつか判らないなんて状況に陥るのだろう。

「皆川さん、本当にありがとうございました」

男の目を真っ直ぐに見た本名は、そう言って頭を下げた。

「堅《かた》い。やっぱ堅いよ、おまえ。もっとゆるっと頑張ろうや」

「こんな時間から仕事のために帰る人の言葉じゃありませんよ」

本名に返された皆川は、ふっと苦笑する。

近づいてくる電車の光が遠くに見えた。暁の中を、電車は眩しいライトで突っ切るようにホームへと入って来る。

早朝にもかかわらず、ホームに乗客は幾人《いくにん》かいた。

皆川も車両に乗り込む。

「じゃあ、行ってくる」

ドア口でこちらを振り返り見る男は、最後にそう言い残した。

帰るのではなく、行く。何故かその言葉がとてもそぐうように思えてならなかった。

忙《せわ》しない日常へと、皆川も戻って行く。

「どうぞ気をつけて」

『行ってらっしゃい』と送るには気恥ずかしく、本名が口にした瞬間、男は片手を上げた。くの字に曲げた右腕をすっと水平に掲《かか》げ、手を額の辺りに翳《かざ》す。

別れ際に敬礼《けいれい》なんて、皆川らしいおどけぶりだ。けれど、ドラマじゃあるまいし、制服警官でもないのに冗談でも恥ずかしい。

「皆川さん……」

どうしたものか戸惑う本名は、皆川の視線が自分ではなく、背後の男に移ったのを目にした。

振り返った先では、塚原が背筋を伸ばして立っていた。

右腕を高く掲げている。額に翳した手のひらは下を向き、指先はピンと先まで力が漲《みなぎ》っていた。その眼差しは強く、どこまでも真っ直ぐに、職務へ出立《しゅったつ》する刑事である皆川を見返す。

渋々着いて来たはずの男の本気の敬礼。

本名は、ただ息を飲むしかなかった。

扉がプシュッと音を立てて閉じ、走り出した電車の窓の中で、皆川もいつまでも敬礼を続けていた。やがて姿は見えなくなり、電車の後ろ姿だけが小さくどこまでも遠退《とおの》いていく。

気づけば、空が少しずつ東の空から白《しら》み始めていた。

もう夜が明ける。新しい一日が始まる。

本名と塚原は少しの間ホームに立っていたけれど、どちらからともなく動き出した。

「やっと帰ってくれましたね」

駐車場の車に乗り込みながら、塚原はそんな風に言った。無理矢理の憎まれ口にしか聞こえなかった。あんな敬礼で別れておきながら、迷惑そうに言ったところで、本心に聞こえるわけもないだろう。

出会い方さえ違っていれば、本当は気の合う二人だったんじゃないだろうか。

本名はふとそんなことを思いながら、助手席へと乗り込んだ。エンジンをかける男は、もう何事もなかった顔をしている。

「よかったですね。昨日のアレ、なにも言われなくて」

ふっと見せた思い出し笑いのような表情に、本名は首を捻《ひね》った。

「え……?」

「なんか、バレてるっぽかったんですよね。まぁ、あんだけ派手にやってれば当然か」

妙なニヤつきを見せる男ははっきりと言葉にしないが、『昨日のアレ』ときたらアレしか思い浮かばない。昨日ではなく、正確にはもう今日のことであったけれど。

夢中になりすぎ、繰り返した行為は日付を跨《また》いだ。

完全に理性を失っていた本名は、意識を手放すように眠りについた。朝になって青ざめたけれど、隣の部屋の皆川は『昨日の晩は飲み過ぎて泥酔《でいすい》しちゃってさ〜』なんて言って、出発前に宿の女将に二日酔いの薬をもらっていたから本名は胸を撫で下ろした。

あれが嘘だとしたら――

「なっ、なんかじゃないだろ、おまえ……」

「しょうがないでしょ。セーブしてたのに、本名さんが『ご飯の後にセックスしよ？』なんて強烈に誘ってくるもんだから」

「そんな言い方してない！　つか、なんだセーブって？」

『おまえがいつセーブなんてしてたんだ』と糾弾《きゅうだん》したい気分の本名は、走り出した車の中で隣を窺《うかが》う。睨むつもりが、塚原はもう笑ってはいなかった。

「だから、朝帰りもしてたでしょ。本名さんの隣で寝るなんて、俺の理性持ちそうにないなと思ったもんで。寝顔見たぐらいで、むらっとくるぐらいですからね」

「あ、キャバク……いや、スナック行ったときの？」

「たった二軒じゃ、普通は朝帰りするまでもありませんよ」

ハンドルを握る男は、横顔に苦笑を浮かべる。思うよりも塚原はずっと、いろいろとものを考えている。変な工作をするより、理性を保てるに越したことはないわけだけれど。

「ああ、そうだ、忘れてました」

「……なんだ？　まだあるのか？」

朝っぱらから、本名の体力値はすでにゼロに等しい。皆川に知られていたというダメージに、どうやって折り合いをつけたものか。そんなことに気を取られつつ問うと、手玉の尽きない男はとどめを刺してきた。

「あれです。皆川さんが言ってた、携帯灰皿の話なんですけど……」

「降参《こうさん》だ」

「へ？」

「もう駄目だ、勘弁《かんべん》してくれ」

呆気《あっけ》に取られる塚原の隣で、本名は白い旗を上げる。

刑事らしくしつこい男だと、認めるしかなかった。

「天職だよ、おまえに刑事は」

そう言って、困り果てつつも笑った。

「それなら本名さんもでしょ」

塚原は間髪入れずに返した。

白んだ空は、フロントガラスの向こうで赤く染まり始めている。

気怠《けだる》さと、それから新しい一日への少しの期待と。二人を乗せた車は、朝焼けの中へと軽快に走り抜けて行った。

あとがき

砂原糖子

皆さま、こんにちは。はじめましての方がいらっしゃいましたら、初めまして。

久しぶりに刑事ものを書きました。「恋愛しつつ、カッコよく職務をまっとうしているキャラを書こう！」と意気込んでいましたところ、後半はうっかり自分の趣味も入ってしまいました。

和歌山の皆さま、こんにちは。そして、すみません。

続篇の舞台の和歌山県。本篇のラストで登場した際はさほど意味はなく、真帆《まほ》の故郷に相応《ふさわ》しい都道府県はほかにもあったと思うのですが、私が『和歌山好きである』という理由だけで、ふっとその名が頭を過《よ》ぎって書いてしまいました。

和歌山大好き！　と言いつつ、話を追うのに精一杯で素敵な街紹介できたわけでもないのが悔やまれてなりません。駅長たますら登場させられていないなんて、猫好きとしても失格です。なにぶん妄想に妄想を重ねるばかりで、まだ行ったことのない私（ここまで書きながら！）ですので、いろいろと現実と差異があると思います。二人の滞在する『にしべ町』は架空《かくう》の町です。そっくりの町名や梅の里がありましても、他人……いや、他町の空似です。

しかしながら、場所的に出てくる鉄道が紀勢《きせい》本線っぽい。沿線にお住まいの方と紀勢本線に申し訳ないので、「一時間に二本以上の時間帯だってある！」とお知らせしておきます。

今回の後書き、たくさん『和歌山』と書けて幸せです。そして個人的に満足しつつ、本名《ほんな》や塚原《つかはら》のこともろくに書かないうちに、後書きの収拾《しゅうしゅう》がつかなくなってまいりました。

イラストの北上《きたかみ》れん先生がカッコよく二人を描いてくださり、私としましてはなにも補足することはない感じです。本名はどちらかと言えばツンデレなのかな……仕事に関しては男前だと思います。塚原は案外強《したた》かそうです。付き合うと、私生活ではさりげなく本名を手のひらで転がしたりするのかな……と思っていましたが、特典ペーパーでちらっと書かせてもらった半年後のSSでは、塚原のほうがやや振り回されているようです。

北上先生、本当に素敵なイラストの数々をありがとうございました。今回、スーツ姿を描いていただくのを楽しみにしていたにもかかわらず、続篇はほとんどスーツの場面がなくて不覚でした。魅惑のスーツイラストは表紙や口絵で萌《も》えていただければと思います！

この本に関わってくださった皆様、大変お世話になりました。雑誌に掲載していただいたときから、主役二人はもちろん、脇《わき》キャラたちも楽しんで書いた作品でしたので、こうして一冊の本になり、とても嬉しいです。

どうか読んでくださった皆様に楽しんでいただける作品になっていますように。

ご感想などありましたら、お気軽に聞かせてやってくださいませ！

2013年5月

砂原糖子。

D E A R + N O V E L

恋愛できない仕事なんです《れんあいできないしごとなんです》

この本を読んでのご意見、ご感想などをお寄せください。
砂原糖子先生・北上れん先生へのはげましのおたよりもお待ちしております。
〒113-0024　東京都文京区西片2-19-18　新書館
［編集部へのご意見・ご感想］ディアプラス編集部「恋愛できない仕事なんです」係
［先生方へのおたより］ディアプラス編集部気付　○○先生

初　出
恋愛できない仕事なんです：小説DEAR+ 12年ナツ号（Vol.46）
キスさえできない仕事なんです：書き下ろし

新書館ディアプラス文庫

著者：**砂原糖子**［すなはら・とうこ］
初版発行：2013年6月25日

発行所：株式会社**新書館**
［編集］〒113-0024　東京都文京区西片2-19-18　電話(03)3811-2631
［営業］〒174-0043　東京都板橋区坂下1-22-14　電話(03)5970-3840
［URL］http://www.shinshokan.co.jp/
印刷・製本：**図書印刷株式会社**

定価はカバーに表示してあります。乱丁・落丁本はお取替えいたします。
ISBN978-4-403-52325-0

S H I N S H O K A N